Earthsphere Chronicle

Incarnater Alice

ルーツ・ザ・ループ
根源にして終末の魔王をここに召喚する――

Earthsphere Chronicle

Incarnater Alice

Asuka Shota

カバー、口絵、本文デザイン／渡辺 誠（スペース・マオ）

Contents

第1話	「イヤな世界」	045
第2話	「おっぱいで地球を救う少女」	075
第3話	「伝説だったらよかった勇者」	113
第4話	「味方殺しの魔法少女」	169
第5話	「愛、ごちゃごちゃ」	247
第6話	「たった一つの冴えないやり方」	259
おまけ		319
あとがき		326

そう、たとえば空。
澄《す》んだ空、遠く透き通った空はとても美しい。
けれども同時に冷たさも感じるのは、それが嵐《あらし》の代償《だいしょう》だからであろうか。
人が見る空は程度の差はあれ澱《よど》んでいる。塵《ちり》を立てずに生きることはできない。誰《だれ》もが一抹《いちまつ》のやましさを抱えながら生きているように、この世界も汚れながら息づいている。砂漠《さばく》の空は死んでいるからこそ澄んでいられるのだ。
ゆえに穏《おだ》やかな空は澱んでいる。人の世の平穏《へいおん》もまた。
けれども人は澄んだ空を仰ぎ見ることがある。それは激しい嵐のあと。
嵐は善悪を見分けたりはしない。澱みのすべてを容赦なくなぎ払うだけだ。
この世界は濁《にご》っていた。幸せに濁っていた。
善と悪がそれぞれの意味を失うほどに混じり合い、腐った臭《にお》いを発していた。
この澱みを流し去るには破壊《はかい》が必要だった。そう、たとえば世界の終末のような。
準備は整っていた。あとは誰かが願いさえすればよかった。
ソレがふたたびこの世界を蹂躙《じゅうりん》するには、二〇〇〇年という充分な時間が流れていた——。
が、そんなことはどうでもよくて。
いま、目の前にある危機とは、アリスが小石に蹴《け》つまずいて転びかけていたことだった。
「……っとっとっと」

「またぁ？　アリスはホント、足下見ないよねぇ～」
「ん～、そうだねえ。気をつけなくっちゃね。あははは」
もちろんアリスが転んだぐらいで世界が崩壊したりはしない。
アリスは、ちょっと頭がゆるんでいるけれども平凡な女子高生である。成績も平凡だし、顔も平凡だ。優れているといえば、男の子よりも活発だったので、怪我《けが》も多かったが治るのも早く、医者には「キミはいくら怪我をしても大丈夫だよ」などと、おかしな誉《ほ》められ方をしていることぐらいであった。まあ、そのほうが病院も儲《もう》かるしね。なんて医者だ。
さておき。
「わ、エアルマンタが浮かんでるよ。見てよジョオ。ほらほら！」
数歩もすると、アリスはまた空に目を奪われていた。無邪気というかアホな子だった。
道にはバナナの皮が落ちていた。
「あ」
直後、アリスの視界はぐるりと回転し、ついで真っ暗になった。
アリスは足を滑らせると、後頭部をしたたか打ちつけて、死んだ。
、、、、、、、、、、、、、、、、、、、、
バナナの皮に足を滑らせて、死んでしまったのだ。
享年一六歳。幼い頃《ころ》から彼女のことをよく知るソロモンおばさんは、遺族《いぞく》の前で涙をはらはらと流しながら、実にあの子らしい死に方ですねと、なんの慰《なぐさ》めにもならないことを言った。

第1話

「イヤな世界」

きらきらと、光が揺らめいていた。
淡い光の粒が、音を奏でながら踊るように降り注いでいる。
まるで天使の楽譜《がくふ》――アリスは目の前に広がる光景を、《聖典《バイブル》》の一節になぞらえた。
そこは光の井戸のような空間だった。
教室一つぶんぐらいの広さの空間をまっすぐ縦《たて》に貫いた天井には、幾層ものガラスがデタラメに――おそらくは計算ずくで配置されていた。太陽の光はそこでいくつもの糸により分けられ、反射を繰《く》り返しながら一枚の織物《おりもの》に縫《ぬ》い合わせられていた。まるで湖面の上で光が踊っているようにも見えるゆらめきは、天使の楽譜と呼ぶにふさわしい色彩であった。
ぼうっと見とれているうちに、アリスは身体《からだ》の感覚がないことに気づいた。
意識はあるのだが、身体の感覚がない。
自分の身体は見えているのだが、まるで他人の持ち物のように動かない。
まるで石像に封じこめられた魂、あるいは胴から落とされて転がった首のような。
視線を横に落として、視力がかなり落ちていることにも気づく。家具だか器具だか判別のつかない曖昧《あいまい》なモノがたくさん見えて、その中を人のようなカタマリが二つ。大きなのと、小さなのとが動いている。
アリスは声をあげたが、二人はまったく気づくことなく奥の部屋らしき場所へ消えていった。
どうして、と思う。あれだけ声を振り絞ったのに聞こえなかったのだろうか、確かめように

も聴覚もぼやけていて、自分が声を発していたかもわからない。
なのに恐怖すら麻痺《まひ》してしまったかのように、不安はない。
暖かい感覚があった。右の手のひらがしっかりと握られているのをアリスは感じていた。
すべてに現実感がなく、宙ぶらりんに意識だけが漂っているような居場所のなさにあって、
どこか安心した心地でいられるのは、その暖かさだけがはっきりと熱を帯びていて、大丈夫だ、
心配ない、と励ましてくれているように思えたからだ。
(誰《だれ》だろう、あたしの手を握ってくれてるのは)
……だったらいいな、と心に浮かぶ相手もいないではない。一六歳である。
けれどもアリスの頭は左に向いていて、首をひねらなければ顔を見ることができなかった。
わずかに頭が揺れるが身震《みぶる》い程度のものだ。動かない。
首を傾けようと力む。
するとそれでも向こうは気づいてくれたらしい。返事があった。
「目が覚めたのか?」
あ……。と、まだ顔は見えなかったが、聞き覚えのある声に、アリスはどきりとした。
たどたどしくはあるが、声はなんとか出せそうになっていた。
「……だ、誰?」
「わかんないのかよ」

ホントはわかっていた。そうだといいなと思っていた声だった。でも違っていたらショックだし、なにより恥ずかしいから、つい尋ねてしまったのだ。
「俺《おれ》だよ、アーク。忘れちまったんじゃないだろうなー」
と、彼女の視界に入るよう、彼が身を乗り出してきた。
視力もだんだんと回復しているみたいだ。輪郭はまだぼやけているが、ちゃんとわかる。
意地悪に吊《つ》りあがった目つき。けれども油断も隙《すき》もないとは言い難い。いつもなにか面白そうなものを探していそうなまなざしに不思議な愛嬌《あいきょう》がある。それでいて声は、どことなく落ち着きがあって、優しい。
最後のは保証しかねた。まぁ、彼女の心にはそう聞こえているわけだ。
逆光のせいでアークの表情がよく見えない。アリスは目を細めた。
「まぶしいのか？　なんか持ってこようか？　眠れないんだろ」
耳に馴染《なじ》んだ的中率一〇パーセントぐらいの心遣い。ほとんど当たったことがないくせに、やたら自信ありげに断定する。このときのアークの表情がアリスは好きだった。人の心を見透かした気になって得意げに笑む。そのときアークはじっと相手の目を見るのだが、その瞳《ひとみ》がとてもきれいで（彼女にはそう見えているわけだ）、普段は隠している優しさを見つけた気になれて（実際どうだかしんないが）、アリスは逆光を恨むのだった。
笑いかけてくれてたのかな？　そうだといいな。

アリスは、そんな思いを抱きつつ、少しずつ身体《からだ》の感覚が戻ってきたので、起きてみることにした。が、
「痛っ」
半身が完全に起きかけたところで背筋に激痛が走り、力が抜けた。
仰向《あおむ》けに倒れるのを止めようにも、筋肉に力が入らない。
とっさにアークが彼女の頭をかばった。
子供を抱くような感じでアリスの頭を抱えると、彼は優しく告げた。
「まだ身体を動かさないほうがいいよ。しばらくは」
「あ、ありがと……」
まさか助けてもらえるとは思わず、アリスは感動を通り越して呆然《ぼうぜん》と目を丸くした。
アークは静かに彼女を寝かせると、水差しと薬を取った。
「……なにも、言わないの？」
「なにを？」
「いつもなら余計なこと言うじゃない。またかとか、バカだの、そそっかしいのって」
「言わねーよ」
アークは彼女の背に手を回して抱きあげると、粉末状の睡眠薬と水を彼女の口元にやった。
「心臓が安定するまで、もう少し寝てろ」

言う通りにしながらも、アリスはもうちょっと話をしていたい気持ちになっていた。
このまま寝てしまうのはもったいないことのように思えたのだ。
「信じられないな。アークがあたしのこと気遣ってくれるなんて」
「なんでだよ?」
「だって、アークはあたしが泣いても困っても、関係ないと思ってたから……」
「そんなわけないだろ。ばーか」
と笑う。得意げな顔で笑う。抱きかかえられていて向かいあうカタチになっていたので、アリスは一番好きな顔を見ることができた。
「…………」
アリスは言葉を継ぎたかったが、どんな言葉を使ったところで、いまの気持ちを伝えきれない気がして、なにも言えなくなってしまった。
ふっ、と意識が遠くなった。薬が効いてきたのだ。眠りたくないのに。
アリスは最後に聞いておきたいことを尋ねた。
「ここは、どこ?」
「どこだと思う?」
寝かしつけられたアリスは、はにかみながらつぶやいた。
「夢の中。あたしの」

「どうして？」
「……だって、アークが優しいから」
「現実とは思えないって意味かよ」
「ううん、逆だよ。あたしはずっと、そうだったらいいな、って思ってた」
アリスはとても素直なまなざしをアークへ向けていた。不思議だった。こんな正直な言葉をアークに言えるなんて思わなかった。あたしはどうしちゃったんだろう。
すると、アークがなにかをつぶやいた。
その言葉を聞いた途端、アリスは胸を詰まらせた。
なにを言ってくれたのだろう。
とても大事な言葉だったのに、思い出せない。
なのに大事な言葉だとわかるのは、胸の高鳴りを覚えているからだ。彼の言葉を聞いた途端、じんと、熱くなったのを覚えているからだ。
逆光でアークの表情はよくわからなかったが、きっと笑んでくれていると思った。
そうに違いない。
そう思えて、アリスは笑顔になれた。
ラベンダーの匂《にお》いがする。

そう、母がいつもベッドの隣《となり》にある机にさしてくれている花だ。目覚めたとき、アリスはそれを見て、ここが自分の部屋だとわかり、嘆息した。
「夢か……」
白い枕《まくら》に顔を埋《うず》めながら、アリスはつまらなそうに口を尖《とが》らせた。
髪の毛をかきあげる。背中まで伸びた豊かでさらさらとした金髪だ。
机の上には、妹たちに子供っぽいとからかわれながらも小さな頃《ころ》からかわいがってきた人形がちょこんと座っている。その隣には父にねだってもらったランプ。目が痛くなるような細かい意匠を施された古びた逸品だ。
どう見ても自分の部屋。泣きたくなるぐらい自分の部屋に間違いなく、そのうちホントにアリスは涙が出てきてしまった。いまは寝ぼけた目をしているが、大きくてぱっちりとした瞳《ひとみ》をしている。くっきりとした眉《まゆ》は意志の強さを思わせるが、いまは眠たそうにとろんと垂れ下がっているだけ。ため息の出るような美しさとは縁《えん》がなかったが、いつも笑っているように見えてしまうタイプの、愛嬌《あいきょう》ある顔立ちをしていた。
それでいて、学校で一番とまでは言えないものの、二番か三番に推すのはかまわないぐらいの整いもある。男を見る目さえあれば、かなりの相手を望むこともできるだろう。
だがそんなことには考えも及ばないアリスは、ゆるんだ涙腺《るいせん》からにじんだ涙を拭《ぬぐ》いながら、これは寝起きの涙で、がっかりして出た涙じゃないもん、とぼそぼそ自分に言い訳をする。

すると覚えのある声が聞こえてきたのだ。
「ん？　目が覚めたのか」
アリスはびっくりして声のほうを見た。
そこには、足を組み、ふんぞり返りながらリンゴをむいているアークが腰掛けていた。
「アーク！」
「なに驚《おどろ》いてんだよ。俺《おれ》がいちゃ変か？」
アークは魔法発掘者《マインスイーパー》だった。
歴史界《アースフィア》と呼ばれる魔法《まほう》と科学が入り混じった中途半端なこの世界において、魔法は発掘される。その名の通り、魔法が封じこめられた遺物《マイン》を発掘するのが彼の仕事だ。
アリスふうに言えば、おかしなものを拾ってきてはバカなことに使う人々ということになる。
まあ、他《ほか》の人はどうあれアークの場合は、めちゃくちゃデカイ大砲を作っては月に行ってやろうとか、妙な機械で地球の裏側にいる奴《やつ》と会話をしようとか、理解不能なことばかりしているので、良く思う人は好奇心旺盛《おうせい》な若者だと誉《ほ》めるし、悪く見る人はただのバカだと笑う。
それがアークという人物だった。
変なものを作ってはトラブルばかり起こしているのを、見どころがあるといって、アリスの父であるオルファンが連れてきて居《い》候《そうろう》をさせていた。だからまあ、屋敷《やしき》の中にいても少しも不思議ではないのだが。

「だ、だって、同じだから……夢の中と」
最後のほうは恥ずかしくなって、アリスはごにょごにょと口をつぐんでしまった。とても薄《うす》い肌《はだ》をしているせいで、血の気がすぐに顔に出てしまう。
「なに赤くなってんだよ。熱でもあんのか？」
ガタッ、とアークが椅子《いす》を立った。
アリスは瞬間《しゅんかん》、アークが額《ひたい》に手のひらを当ててくれて、どれどれ、と熱を計ってくれるとか、冷やしたタオルを持ってこよう、と言い出すとか、いろいろごちゃごちゃ胸の内で勝手に未来を予想というか妄想《もうそう》して、どきどきと動悸《どうき》を速めたりもしたのだが、彼がしたことといったら、見舞いの品から菓子を取りに行っただけであった。
しかも、自分が食べるための。
「…………」
どかっ、とまた偉そうに腰掛けるアークを見ながら、アリスは、自分がどうしようもなく愚かな女に思えて仕方がなくなるのだった。
「……リンゴ、むいてくれてるの？」
上目遣いに、聞く。
「腐るまで置いとくのももったいないしな。腹が減ったらつまみに来てたんだ。みんなには内緒だぜ。へへ」

「あっそー」
いるか？　とも聞かずリンゴをぺろんと食べるアークを見て、アリスは思った。
これが夢であるわけがない。夢であってなるものか。
態度がでかくて、気遣いもなければ優しさもない。それがアークだ。
本物のアークだ。
アリスはがっくりと天を仰いだが、あいにく見慣れた天井だった。
「あーあ、もーちょっと夢見とけばよかったなぁ……」
ふてくされた声をあげるアリスは、大きく伸びをしながら息を吸うと、ラベンダーの香りを空気と一緒に肺に送りこんだ。花の芳香が鼻孔をくすぐって、こそばゆい。けれども胸は依然として重たかった。物理的に。
ん？
違和感を感じて、アリスはうつむいた。
突き出ているのだ。
胸が。
こんもりと大きく二つの山ができている。
おなかに置いた手が隠れて見えなくなるぐらいに、デカい。
（んなバカな〜〜〜〜〜!!）

自分の記憶《きおく》が正しければ、そこは壮大な平原であった。

人には知られたくなかったが、誰《だれ》の目にも一目瞭然《いちもくりようぜん》だったので、みんなからは、まだまだこれからよ、とか、あんまり大きいと頭悪く見えちゃうし、とか、暗闇《くらやみ》で背後から心臓をざくざくと刺されるような慰《なぐさ》められ方をされるぐらい、それはかわいそうな大きさであった。

なのにいったい、この豊かなふくらみはどういうことなのか。

アリスはパジャマの中に納まっているモノが本物だとは思えなくて、むんずとつかんでみた。

「あひゃ」

かつて感じたことのない柔らかさだった。

これまでは片手で足りるというか、柔らかくない部分までつかめてしまうので全然物足りないボリュームだったのに、いま自分の手の中にあるたぷんたぷんとしたものといったら、こぼれ落ちてしまいそうなほどふかふかしてて、ぽよぽよしてて、頭の奥がぽやーんとなってしまうほどの魅惑《みわく》の触感なのであった。

今度は両手で優しく揉《も》んでみた。

「あひゃひゃ」

くすぐったくて、気持ちよくて、アリスはおかしな声をあげた。

一度でいいから、この感動を味わってみたかった！

他人の胸にそんなことをすれば、痴漢よ変態よと犯罪者扱いされるだろうが、この胸は自分のものだからいくらさわっても罪にはならないのだ。女の子バンザイ！　夢よ、夢が叶《かな》ったわ。そうか夢か、ああ夢ね。これはやっぱり夢なのね。それでもいいわ神様ありがとう。

なんか幸せ。

「さっきからなに変な声あげてんだ？」

「きゃああっ！」

アリスはがばっと布団をかきあげて、首から下を隠した。

「おまえ、やっぱりおかしいぞ。頭打ったのがまだ治ってないんじゃないか」

アークが心配げな顔をするので、アリスはあわてて手を振る。

「だ、大丈夫よ。なんでもないったら」

とは言うものの、実は心配してくれてちょっと嬉《うれ》しかったり。

いっぽうアークは腹を充分に満たしたのか、立ちあがると、

「ま、でも、誕生《たんじょう》日まで寝てるあたりの現金さは、あいかわらずだよな」

けけけ、と意地悪に笑うのだった。

「もう行っちゃうの？」

「早くみんなに教えてやらないと、おまえ、プレゼントもらいそこねるだろー？」
「……ア、アークは？」
「欲しい？」
と、尋ね返されてしまう。アークにじっと見つめられると、アリスは耐えられない。
ぷい、と自分から視線を切ってしまい、
「いらない」などと言ってしまう。
「りょうか〜い」
アークは嬉《うれ》しそうに手をひらひらさせると、部屋から出ていくのだった。
「もー、バカっ！」
ムカッとしたアリスはちょうど手の届くところにあった辞典を投げつけた。
見事に命中。別の人に。
「はぎゃっ」
「ジャスティさん！」
ぶ厚い辞典をまともに顔面に受けてのけぞり倒れたのは、わかりやすい名前をした警察《けいさつ》官の若者だった。服装はこっちの世界のそれと大差はない。気候に合わせて半袖《はんそで》軽装のさっぱりとした格好をしている。
「ああっ、ごめんなさい」

「いや、元気そうでなによりですよ」
ジャスティは笑顔をきらきらと輝《かがや》かせながら立ちあがる。
長身で堂々とした体軀《たいく》、短く切りそろえた髪がさわやかな好青年であった。
鼻血さえ流していなければ。
「ああ、ごめんなさいごめんなさい！」

色とりどりの花々、果物や菓子、そのいくつかはすでにアークの胃袋で消化されていたが、棚《たな》に並ぶ見舞いの品々のほとんどはジャスティからのものだった。
「アリスさんが目覚めているとわかっていれば、誕生日《たんじょうび》のプレゼントを持ってこれたのにな」
「いいですよいいですよ。こんなにしてもらってるのに……」
アリスは恐縮《きょうしゅく》した。それでも笑みがこぼれてしまうのは根が素直だからだろう。四つ年上のジャスティに対しては、いつも甘やかしてもらっているという意識もあった。
「いえ、もう買ってあるんです」
なぜかジャスティは照れている。コイツ、なにを渡すつもりなんだ？
え、ホントですか？　とアリスは笑顔になるのだが、すぐにうつむいてため息をつく。
「ホント、誰《だれ》かとは大違いだわ……」
「またあのクソバカがアリスさんに迷惑をおかけになったので？」

「あ、いや、別になんにもしてないけど」
というか、あまりにもまったくなんにもしてくれないからムカつくのだ。
「そうやってアリスさんがかばうから、あのクソバカはつけあがるんですよ！」
と、拳《こぶし》を振りあげて断言する。アリスがアークのことをちらりとでも思うだけで、心に火がついてしまうジャスティだ。
「あの男は絶対にアリスさんに不幸をもたらします！　出会ったときから私は直感しました。あのクソバカはろくでなしで悪党のドサンピンですよ！　いまのうちに牢屋《ろうや》に放りこんでおくべきなんです!!」
「まだなにもしてないだろ」
「フン、どうせしますよあの男なら。ならば、いま檻《おり》に入れたところで未来を先取りするだけのこと。ほら、あるじゃないですか、『前借り』って言葉が」
「そんな前借りがあるわけねーだろッ！」
と、ジャスティは椅子《いす》ごと蹴《け》り飛ばされた。
「誰《だれ》がロクデナシだ。よく言うぜ、この魔法撃ちたがり《トリガーハッピー》警官《けいかん》が」
「アーク!?」
アリスの声を聞くや、床をなめていたジャスティは跳ねるように飛び起きて、ファイティングポーズを取った。

「よくも私を侮辱したな！　許さんぞキサマ、表へ出ろ！」
「ったく、率先して暴力沙汰《ざた》を起こしたがるんだから、困ったお巡りだよな」
「へらず口もそこまでだ。正義の弾丸を喰《く》らわせてやる」
と、懐《ふところ》から銃を取り出す。
発掘魔法《マインワーク》の魔法《まほう》銃だ。
見た目は火薬式の銃とさほどの変わりはない。鉛の代わりに魔法を撃《う》ち出す仕組みだ。
あらかじめ装填《ロード》してある呪文《じゆもん》を発法するだけなので、魔法使いでなくても小学生程度の知識があれば使えた。いや、ジャスティの頭が小学生レベルというわけではないが、まあ、近い。
魔法使いだけが呪文を使えたというのは昔の話で、魔法、つまり呪文を起動するロジックの機械化が進んだ現代においては、わざわざ何年もかけて魔法の使い方を勉強しなくても、そのための起動装置《ワークドライブ》を手に入れればそれでコトが足りてしまうのだ。
夢のない時代である。
さておき、ジャスティの銃にかなりの威力の魔法が装填《そうてん》されていることは、このフェザーリーブスの住人ならば誰《だれ》もが知っていた。
よく撃ってるから。
「貴様も好きな武器を取るがいい」
「いらねーよ」

「てめえとの勝負なんかに、武器なんていらねー」
「なぜだ」
「なんだと！」
「だって……」
アークはポケットに手を突っこんだまま、たったの一言で勝負をつけてしまうのだった。
「隣町《となりまち》のソロモンおばさんが、泥棒《どろぼう》に入られたってわめいてたから」
「なにーっ！」
ジャスティは本能的に部屋を飛び出した。
性格に問題はあるがマジメな警官《けいかん》だった。
「けけけ、正義は不便だな」
愉快に笑うアークを、アリスはたしなめた。
「もー、それって本当のことなんでしょうねー」
「ふうん。アリスは本当のほうがいいんだ？」
「え？　もちろんウソのほうがいいに決まってるわよ」
「じゃ、問題ないじゃん」
「あ～っ、やっぱりウソなんだ！」
アリスは両手をグーにして怒るが、

「アリス、もう立てるか？」
と、アークはかまわずアリスの手を握ってきた。
「うるさいのが戻ってこないうちに、渡したいものがあるんだ」
「な、なによぅ」
「プレゼント」
「何年ぶりかしら」
「なにが」
「アークからプレゼント」
「さあ」
「……三年ぶりよ」
よくもまあ、そんなことを覚えてられるもんだ、と怪訝《けげん》な目をするアーク。
よくもまあ、そんなことを忘れてられるものね、と不審《ふしん》な目で見るアリス。
似たような表情を浮かべた二人は、屋敷《やしき》の地下深くへと続く、薄暗《うすぐら》い螺旋《らせん》階段を下りていた。
とはいえアリスのほうは、三歩も進むと、なにをくれるんだろう、嬉《うれ》しいな、楽しみだな、と顔が自然とゆるんでくるような子だったので、そもそも誕生日《たんじょうび》のプレゼントなどという楽しい代物《しろもの》が、どうして暗く湿った地下の底にあるのだろうかという疑問など、頭の隅にも浮か

んでこないようであった。
それと、もう一つ。
重たい。
大平原時代（笑）だった頃《ころ》は、大きな胸をツンと張って外を歩けたら、さぞかし気分がいいだろうなあ、などと無邪気に思っていたのだが、いざ、ふさふさと実ってみると、これがまた前屈《まえかが》みに歩いてしまうのである。胸が重力に引っぱられるからではなく、恥ずかしいからだ。
身体《からだ》の曲線がはっきりと出ていると、裸を見せているような気持ちになってしまう。
ジャスティは驚《おどろ》いて、じーっと見たり、あわてて視線をそらしたりしたが、そーゆう視線が刺さるのだ。
まあ突然身体の一部がどかんとふくらめば、誰《だれ》だって注目しちゃうだろうし、あたしなんか揉《も》みしだいちゃったし、それを責めるつもりはないんだけど、そうそう、むしろ責めたいのは、注目もしないアークのほうだ。頭の上にドリルが生えたところで「よう、あいかわらずだな」などと言い出しかねない素っ気のなさを見ていると、
あんた全然、あたしに関心払ってないでしょ！　と怒りたくもなる。
かといって、鼻の下をびろーんと伸ばしながら注目されても嫌《いや》なのだが。
そこはそれあたしも女の子なのだから、美しくなったときには、かわいいねとか、きれいだねとか言って欲しいし、言われるとすごく嬉しいんだけど、そればかりを注目されると、なん

だか自分自身はまったく評価されていないような気になって、やっぱり男の人には顔や身体《からだ》の見てくれではなくて、心を見て欲しいな、と思ったりするのである。

なんだそりゃ？

ごちゃごちゃ考えてるうちに、地下室に着いていた。

学校の教室一つぶんぐらいの広さで、アリスが見てもさっぱりわからない実験設備がまばらに散らばっており、部屋全体はそれっぽく石造りになっていた。

室内はかなり明るく、奥の部屋から出てきた父の笑顔もはっきりとわかった。

「おお、アリス。元気になったな」

父の名はダウス・オルファン。『大賢者《エスタブリッシュメント》』と呼ばれる世界有数の魔法《まほう》学者の一人だ。そのがっしりとした身体と、口髭《くちひげ》を豊かにたくわえた風格ある顔つきで、黙《だま》ってさえいれば後光のように徳と威厳《いげん》と知性が漂い出すような賢人《けんじん》であった。

「お父さん……！」

オルファンの温かいまなざしに、アリスはじんとなって、とてとてとてと走り出した。

「おお、アリス！」

腕を広げて待ちかまえる父。そのまなざしは——なぜか下のほうに向けられて、

「……お父さん、どこ見てるの？」

「胸」

オルファンは黙ってさえいれば風格の漂う顔をだらしなく歪《ゆが》めるや、娘のパジャマに手をかけ、薄着《うすぎ》に包まれた乙女の素肌《すはだ》をのぞこうとするのであった。
「うーむ、元気に育ったの～」
「おっ、お父さんッ……！」
パンッ、と平手打ちが飛んだ。
「娘に叩《たた》かれた……」と泣く父。
「泣きたいのはこっちよ！」
と、両手で胸を隠すアリス。
「ワシはただ術後の経過を確かめるために……」
「お父さんがやったの!?」
「いやー。ちょうど意識を失っていたから、チャンスだと思ってな」
「チャンスってなによ、チャンスって！」
「おまえも胸が大きくなって、これでワシも念願が叶《かな》うし、一石二鳥じゃったろう?」
「念願ってなによ！」
オルファンは『ぽ』と顔を赤くさせると、
「胸のすくすく育った娘と一緒にお風呂《ふろ》に入ることじゃ」
「ばかーッ！」

ドカッ！　バキバキバキドコッ、ずってんころりん、どぉぉぉ〜ん。
今日二発目の家庭内暴力が炸裂《さくれつ》した。
石の壁《かべ》を突き破って倉庫室に飛び出したオルファンは、脳天から床に激突、薄《うす》くなった後頭部をずるむけさせながら、隅にあったチャイナの皇帝から下賜《かし》されし黄金の銅鑼《どら》に見事なボディプレス。昼下がりのひとときに気持ちのいい音色を響《ひび》かせてくれた。
「そろそろ建て替えたほうがいいんじゃない？　この地下室も」
「親に手を上げといて、出てくるセリフはそれか!?」
「お父さんねえ！　胸に手を当てて考えてみなさいよ」
ぷにょん。
父は娘の胸に手を当てて考えてみた。
「我が娘のモノとはいえ、ドキドキしてくるの〜」
ボコッ……！
「殴るわよッ！」
「殴ってから言うな……」
オルファンは今日三度目の殴打にブチのめされながら、うめいた。
すると横合いから、先生の話はさっぱり要領を得ないが……と、アークが進み出てきた。
「はっきり言えることは、いま、世界は危機に瀕《ひん》している」

「アンタのほうがわけわかんないわよ！」
ごもっともなことをアリスは言った。
「魔王界《ダークスフィア》の魔王《まおう》たちが、この地上に蘇《よみがえ》ろうとしているのじゃ」
「そりゃよかったわね」
あたしはそれどころじゃないの、とアリスは父のところへのしのしと歩いてゆく。
「だからどーしたの。そーゆー問題は勇者にでもまかせておけばいいでしょ」
「そうだ。世界を救うためには戦う者が必要じゃ」
「そうそう、魔王兵器《フォービドゥン》を使って撃退《げきたい》すればいいのよ。はいはいおしまい。そんな言い逃れ、いまどき子供にだって通用しないわよ」
「それが嘘《うそ》じゃないんだ」
「ワシたちは、世界を救うためにおまえの身体《からだ》を改造してしまったんじゃ」
「え〜〜〜〜〜ッ！」
アリスは背中まで伸びた柔らかな金髪を逆立てる。
「あるモノを胸に仕込んだのじゃ」
「あるモノって？」
「魔王兵器《フォービドゥン》」
先にも書いたように、この世界では魔法は発掘される。

もともと魔力《まりょく》というのは魔王界《ダークスフィア》に存在するエネルギーで、現在、こっちの世界に残っているものは魔王たちが攻めこんだときに持ちこんだものの残滓《ざんし》だと言われている。
そのときに魔法や、魔法が装塡《そうてん》されたアイテムも数多く持ちこまれた。魔物と呼ばれるたぐいのモンスターもその一つだが、中でも一番豪快なものが、魔王そのものを封印した魔王兵器《フォービドン》と呼ばれるものだった。
「ぎゃ〰〰〰ッ！」
げしげしげしげし、と猛《たけ》り狂ったように父親を踏みつける。
「ア、アリス、世界が危ないのだ！」
「そーゆーお父さんが一番危ないのよ！」
容赦のないストンピングは続く。
「しかし揺れるほどデカくなるっていうのも、予期せぬ副作用だな〜」
「アーク！」
顎《あご》に手をやりながら、躍動《やくどう》するアリスの胸を、アークはまじまじと見つめていた。
とっさに胸に手をやって動きを止めるアリス。顔が赤くなっている。するとわずかだが、アリスの皮膚《ひふ》に模様のようなものが浮かびかけた。
「まあ、《魔王の心臓》ともなれば、魔王化《インカーネイト》した部位に影響《えいきょう》を及ぼしても、不思議はあるまい」
ボロゾーキンのようになりながらも立ちあがる父。かなりタフ。

「もういいから取ってよ！　コレ」
「フフン、残念ながらそれは無理じゃな」
なぜか父は自信たっぷりで。
「どうしてよ？」
「知らんから、はずし方」
「どうしてよ！」
「だって、わかんないもんはわかんないんだもん」
だもん、はないだろオルファンよ。
「それが親のすることか〜〜っ！」
かわいらしい眉《まゆ》をみるみる吊《つ》りあがらせるアリス。
するとアークがオルファンに耳打ちした。
「ああ言ってますけど、本人けっこう喜んでましたよ。一人で触ってもだえてたし」
「うむ、やはりな」
「アーク、見てたの!?」
カーッと顔を火照らせまくるアリスに、アークは一言。
「うん」
「いーやぁぁぁぁぁぁー！」

と、我を忘れるほど絶叫したときだ。
アリスの身体《からだ》が光り出した。
いや、身体の中から光がもれてきたと言ったほうが正しい。
オルファンは確信とともに叫んだ。
「《魔王《まおう》の心臓》が目覚めるッ！」
アリスの心臓と同化したそれは、まばゆい光をアリスから放射した。
ふわり、とアリスの身体が空中に浮かぶや、パジャマで包まれていた全身の曲線が透けてあらわになり、ついで、アリスの皮膚《ひふ》に、ある模様が完全に浮かびあがった。
おかしな日焼けの犠牲《ぎせい》のように、密林の原始部族がするボディペインティングのように、彼女のかわいらしい顔を薄《うす》い茶色と地の白色の二つに分けるアザのような模様は、細い首から鎖骨《さこつ》へと続き、ふくらみのある胸を蹂躙《じゅうりん》していた。
「なによこれ〰〰っ！」
自分の身体に次々と起こる支離滅裂な出来事に、アリスは発狂に近い悲鳴をあげた。
「絶対運命《ワールドマスタリング》の起動――《魔王の心臓》が目覚めた証《あかし》じゃ！」
「どうすればいいの！　どうすればいいのよ!?」
「ア……」と言いかけたオルファンの横合いからアークがぼそりと。
「先生を一発殴ればいい」

「わかったわ」
バコッ。
すると光は消え、浮遊力を失ったアリスは尻《しり》もちをついた。
「ホントだ」
「どうやら、感情の起伏に影響《えいきょう》される力のようですね、先生」
「他人を犠牲にしてでも真実を探究する精神……。アーク、おまえもいっぱしの魔法研究者になったな」
「ありがとうございます、先生」
「やな連中ね……魔法研究者って」
と、白眼視するアリスを無視して、オルファンとアークは手を取り合い喜んだ。
「先生、手術は成功ですね！」
「めでたいめでたい」
「めでたくないっ！　いいからアザ取ってよ、このアザ！」
「バカモン、アザと言うなアザと！　《聖なる刻印》《ホーリィ・カーブ》と呼べ」
「覚えなくてもいいの！　あたしはこんなアザを抱えて生きてくつもりなんてナイんだから」
「それこそが《魔王の心臓》の力、絶対運命《ワールドマスタリング》が目覚めた証なのじゃ！」
声高らかに誇らしく宣言する父。

だが娘は露骨《ろこつ》にイヤな顔をして、
「このムチャクチャへんちくりんなアザが～っ!?」
と、自分の身体《からだ》にはりつけられた歌舞伎《かぶき》の隈取りのような模様を指さしながら、すっとんきょうな悲鳴をあげるのだった。
「しかも《魔王《まおう》の心臓》にはそれ以外にも二五のひみつ能力が隠されているんだ」
「え～っ、やだやだ！　アーク、このアザさっさと取ってよう」
「だからアザと言うなっちゅーに！　《聖なる刻印《ホーリィ・カーブ》》じゃ！　おまえは《魔王の心臓》をその身に宿した《魔王使い《インカーネイター》》なのじゃ！」
「あたしの身体は落書き帳じゃない！」
アリスは眉《まゆ》を吊《つ》りあげて怒った。
「なにを言う、おまえは《魔王使い《インカーネイター》》になれたのじゃぞ！」
「なれたんじゃなくて、ならされたの！　知らないうちに勝手に埋めこんだんじゃない！」
「アリス、これも平和への尊い犠牲《ぎせい》じゃ」
ふざけるな！　とアリスは怒った。涙ぐんでいた。
「そう思うんだったら父さんが《魔王使い《インカーネイター》》になって戦えばいいのよ！　こんな顔じゃ、学校に行けないよ！」
「そうか。そう言ってくれると父も嬉《うれ》しい」

「は？」
「魔王どもは真っ先におまえを狙《ねら》ってくるだろうからな」
オルファンはどこからともなく、あやしげで真っ赤なボタンを取り出した。
「おまえを守るための、一六積層立方体多次元量子結界魔法陣の防壁《ぼうへき》じゃ」
父がスイッチをオンした途端、ばりばりばりばりっと稲妻《いなずま》のような光が娘の周囲に走った。
「あらゆる物質を遮断《しゃだん》する次元の壁《かべ》！　この世はおろか、異空間を介した侵入も阻止する超次元結界だ。この空間の中には人一人、虫一匹、水一滴、一吸いの空気すら入ることはできん。入りこもうとすれば、即、死！　即、死！　悪は滅びるのじゃ！」
うわはははは、と父笑う。
起動中の結界をブチ抜いて、グーの拳《こぶし》が父の顔に命中した。
「悪が滅びる前に、あたしが窒息死するでしょ」
まあ、その通りだった。

アリスが他人の話を聞くようになったのは、《魔王使い《インカーネイター》》としての力が目覚めているうちだけしか変な模様は浮かびあがらないと知ってからだった。無理もない。
「魔王《ダークスフィア》は魔王界におってな、こちらの世界とつながる門をふさいでいる封印《運命の車輪《ホイール・オブ・フォーチュン》》を破壊《はかい》でもしない限り、やってくることはできぬ」

「じゃ、問題ないじゃない」
「こちらの世界から魔王《まおう》を召喚すれば話は別じゃ」
「どういうコトよ」
「魔王の身体《からだ》すべての召喚は無理だろうが、一部でも召喚することができれば、そいつが《運命の車輪《ホイール・オブ・フォーチュン》》を破壊《はかい》して、残りの本体を連れてくることができるのじゃ」
ゆえに、とオルファンは強調した。
「魔王にとって一番てっとり早いのは、こちらの世界でもっとも巨大な魔力を持つ《魔王使い《インカーネイター》》を使って、こっちの世界に出現することなのじゃ」
「あ、あたし？」
「どんな手段を使ってくるか予想もつかんが、魔王は必ずおまえに接近してくる。メフィストのように誘惑するか、死神のように脅迫するかはわからんが、おまえに魔力を使わせようとする。ゆえにワシは、おまえをこの何重にも結界を張り巡らした地下に閉じこめ……」
「却〜下」
と、アリスはオルファンの口に手のひらを押しつけた。
「魔王の攻撃《こうげき》ったって戦うわけじゃないんでしょ？　じゃあ、あたしが魔王の罠《わな》にひっかからないようにキチンと気をつけてればいいだけのことじゃない、楽勝よ」
するとアークには、

「だけどおまえは、バナナの皮で滑って転んで死にかけるようなヤツだしな〜」と言われ、オルファンには、

「反省すると言ってできたためしがないのは、血筋だからの一」などとつっこまれてしまい、

「あたしはお父さんと違いますーっ」

べー、と舌を出してアリスは地下室を出ていってしまった。

すると残された二人は、どちらともなしに視線を交わし合うのだった。

「俺《おれ》は予備の魔王兵器《フォービドゥン》を取りに戻ったほうが……」

アリスにはついぞ見せなかった真摯《しんし》なまなざしを見せるアーク。

うむ、とオルファンもうなずいた。彼の顔つきもまた真剣そのものだ。

二人はほどなく始まるであろう闘《たたか》いの予感に戦慄《せんりつ》していた。

「もーっ、アークもお父さんも自分たちのしたこと棚《たな》に上げて人をバカにして……。絶対に《魔王の心臓》なんか外させてやるんだから！」

ぷんすかと怒りながらアリスが地上に出たときには、ちょうど太陽が中天を占めていて、じりじりと皮膚《ひふ》を灼《や》くような光線を大地へ投げていた。

使用人が水を撒《ま》いたばかりらしく、ちょっとした公園ほどの広さはある庭の芝生は、日差しを浴びてきらきらと輝《かがや》いている。

平和なものだ。

この世界では、民主主義とか社会主義とか共産主義とか資本主義とか民族主義とか原理主義とか帝国主義とか全体主義といった、便利なようでイザコザの種になるようなものはまだ生まれていない。白黒はっきりしないイイカゲンな時代であった。

世界はまだわからないもので満ちていた。南極も北極も未踏の地であり、人は人類がなにから誕生《たんじょう》したのかも神話以外の答えを持たなかったし、リンゴが木から落ちる理由も知らなかった。

それでもまあ、一年もかければ船で世界を一周できるぐらいには進歩していたし、アリスにとっては魔王《まおう》など歴史や国語や音楽の教科書を開きでもしなければ逢《あ》えないような存在だ。そんなものを引っぱり出されたところで信じられるわけもないし、つーか、まず、そんな理由で変な入れ墨をされたことをクラスメイトに話したら絶対に笑われる。そのことのほうが重大だった。ただでさえ人口が一万人にも満たない暇な田舎《いなか》町だ。誰《だれ》かに知られたら最後、あっという間にみんなに知られまくって、あたしは町を出ていくまで笑い者。

いやはやさてはてどうしたもんだか……。

「あら、郵便」

ポストに手紙が刺さっているのを見かけたアリスは、なんの気なしに手に取った。

宛先《あてさき》はアリスとなっているが、住所は書かれていない。

「変なの、どうして届いたのかしら？」
差出人《さしだしにん》の名前はないし切手もはられていない不審《ふしん》な手紙であった。
どう見てもあやしい封筒であった。なのに、
「ま、中を開けてみればわかるか」
と、家に入るやいなや、アリスはなーんも考えずに封を切ってしまったのだ。
こうして文字通り、世界の運命を揺るがす災厄《さいやく》の火蓋《ひぶた》が切って落とされてしまった。
彼女はアークたちが危惧《きぐ》した通りの——アホな子だった。

『ハロー、こんにちは、はじめまして。ボクは大魔王ルーク・ザ・ルーツ。
魔王の中の大魔王だお。
驚《おどろ》いた？　探し求めていた《魔王の心臓》を持つ少女がキミだとわかって、ボクはさっそくペンを取ることにしたんだ。
キミは《聖典《バイブル》》の愛読者かい？
大賢者《エスタブリッシュメント》の娘ならパパから聞いているよね、今年がいよいよ《聖典《バイブル》》に約束された《最後の年》だってこと。
だからボクもそろそろライブ活動を再開しようかなって思ってるんだ。
世界中で弾圧されているボクたちの隠れファンのためにもね！

ところが困ったことに、ボクがキミの世界で大暴れするためには、キミにあることをしなければいけないんだ。おっと、魔王《まおう》の手紙だからって怖がらないで。死にはしないよ。少し痛いとは思うけど、人の身では得ることのできない素晴らしい悦《よろこ》びを与えてあげられるから。
そうそう、君がちょっとシャイで、あまのじゃくな女の子だったりすると困っちゃうから、この手紙は、いま話題のEメールで送ることにしたんだ。
悪魔《エビル》のメール——通称Eメール、呪《のろ》いのメールさ。便箋《びんせん》には人の目では認識できない大きさの呪符《じゅふ》紋様が描かれていて、言葉にしなくても、手紙を読んでいくだけで催眠術にかかってしまう、とっても怖いメールなんだ。最近キミたちの世界では、このEメールを使って相手をナンパするのがはやっているよね、HAHAHA。
やばい、と思っても、もう遅いよ。
君は次の呪文を口にするんだ。
根源にして終末《ルーク・ザ・ルーツ》の魔王をここに召喚する——』

と、読んだときには、アリスはその言葉を声にしていた。

その途端、ぞくっと怖気《おぞけ》が全身を走った。
やばい、と思ったアリスは、自分が手紙から手を放せずにいることに気づいた。

どういうことなのか、これは。
文面こそバカバカしさで満ちているものの、自分は読んではいけないものを読んでしまったのではないか。どうして自分はこの手紙から指をほどくことができないのか。
たとえようもない不安がアリスの胸を鷲《わし》づかみにした。
ぶるぶると震《ふる》えながらも手紙をしっかりと握りしめているのはなぜなのだろう。もしかして本当に、これは魔王の手紙ではないのか？　自分はすでに罠《わな》にかかっているのではないか？
魔王ともある者がまさかこんなバカな手紙を送ってくるものか。いや、だが、しかし、これがお父さんの言っていた魔王の罠だとしたら。ふざけた文面こそが心の隙《すき》を作らせるための罠だとしたら。もしも、仮にも、万が一にもそうだとしたら――！
冷や汗がつーっと背筋を流れ落ちたはずみで、アリスは、悲鳴をあげそうになった。
そのときだ。
「お届け物でーす」
カラーン、とドアのベルが鳴った。
がくっ、と緊張が解ける。
現実に首根っこをつかまれて、寝ているところを無理矢理《むりやり》起こされたような感じがした。
そうよね、そんなバカなことがあるわけない。
お父さんの話を聞いたあとで、こんなモノを見たからちょっとその気になってしまったのだ。

どうせアークの仕業だ。こんなくだらないイタズラを思いつくのは。
て、いうか、一連の出来事すべてがお父さんとアークの悪さなんじゃないの？　そうだ、そうに違いない。やっぱりいますぐとっちめてやる。人の身体《からだ》をなんだと思ってるの。
「はいはーい、いま出まーす」
そんな結論に至りながら、アリスはどたどたと階段を駆けおりて、扉《とびら》を開けた。
「キミが、アリス？」
そよ風のような優しい声で問われて、アリスは言葉を失った。
「開けてくれてありがとう。信じてくれなかったらどうしようかって思ってたんだ」
男ははにかんだように唇《くちびる》の端を歪《ゆが》める。かたやアリスは魚のように口をぱくぱくするだけだ。
「ボクのこと、まだ信用できない？」
「い、いえ……」
アリスが呆然《ぼうぜん》としたのは彼の正体を疑ったからではない。
「はじめまして、魔王《まおう》です」
本物だったからだ。
硬く青黒い皮膚《ひふ》、異形《いぎょう》の頭部には立派な髭《ひげ》、人の姿に竜《りゅう》の移し身。だがその物腰や仕草は凶悪なドラゴンの顔からは想像できないぐらいに落ち着いたものだった。

というか、礼儀《れいぎ》正しい魔王というのはイメージ狂う。
姿形は教会画にある魔王とそっくりだった。
だが、昔話や授業などで魔王は悪逆残酷野蛮なものだと刷りこまれているアリスには、目の前にいる自分と同じ身の丈をした魔王に、たとえようもない違和感を覚えてしまうのだった。
「アンタ、魔王じゃないでしょ」
「おい」と魔王がつっこむ。
魔王ともあろう者がつっこむなよ……と、アリスはますます不審《ふしん》なまなざしを向けた。
「《聖典《バイブル》》に書いてあったのと、復活の仕方が違うじゃない」
「ウソをつくから魔王なんだよっ！　盗みの手口を事前に教える泥棒《どろぼう》がいるか！」
「なるほど」
アリスは妙な納得をした。
「一方が絶対の正義で、片方が絶対の悪だなんて一面的なモノの見方でつづられた書物をそのまま鵜《う》呑《の》みにしてるだなんて、キミは一六にしてはかなり知的レベルが低いんじゃないか？」
自称・魔王である彼が、苦々しくつぶやく《聖典《バイブル》》の記述とは？
歴史の闇《やみ》に隠された壮大な神話とは!?

それを物語るには電撃《でんげき》文庫にして三〇〇ページは必要だった!!

う〰〰、面倒なので、やめ。

七行ほどで説明する。

元は神々であった一〇一の魔王《まおう》たちは、最高神ウィズ・マリアを殺《あや》めようとした罪で、神の姿と力を奪われてしまった。

代わりに与えられたのが、獣《けもの》の姿と呪《のろ》いである。

彼らは許されざる者であり、その終わることのない罰は人への戒《いまし》めでもあった。

この世界は、彼らが永遠の呪いに苦しむ限り続くと言われており、人は決して彼らが救われることを願ってはいけないし、むやみに彼の名をつぶやいてはいけない。彼らのことを口にしてもいけないと言われていた。

——んで、その彼らの中の一人である彼が永遠の呪いから抜け出してしまったから、世界がヤバイわけだ。

「どうだ、わかったか!」

「お父さ〜ん!!」

納得したアリスはさっそく悲鳴をあげた。

「わ～、マズイ」と魔王があわてた。
神と対決する腹づもりで復活した魔王が、大賢者《エスタブリッシュメント》の登場ごときにあわて始めるというのも妙な話だが、ともかく彼はアリスをなだめようとするのであった。
「こら、騒《さわ》いじゃダメだってば。殺したりしないから、ホント！」
腰の低い魔王である。
「ボクはあるものが手に入ればいいんだよ！」
「あたしの持ってるもの？　あげるわよ、なんでも！」
「話が早い」
彼はそう言うと、爬虫《は・ちゆう》類の皮膚《ひふ》のようにごつごつとした右手をアリスの肩に置き、次の瞬間《しゆんかん》、アリスのパジャマを真っ二つに引き裂いたのだ。
ちょうど左半分、首すじから流れる柔らかな女性の曲線があらわになった。
首から鎖骨《さこつ》にかけての肉づきはとても薄《うす》い。
浮き出た鎖骨の下には、ぽちゃっと張り出した胸があった。残念ながらバストはブラによって守られていたが、これまた折れそうな首とは不釣り合いに大きくて、たわわな房をつけた身体《からだ》の曲線は腰のくびれへと続いていた。
アリスはとっさに胸元を両手で隠す。
「な、なんの真似《まね》!?」

「言っただろ、キミを頂きに来たって」
「あたしを?」
「ボクはキミと結合しなくちゃいけないんだ」
「ど……どういう意味よ」
「たがいに裸にならないと、一つに交われないだろ?」
そういえば――、
ドラゴンだったから、気にならなかったが。
一糸まとわぬ彼は、裸といえば丸裸であった。
そう考えた途端、アリスの中ですべての情報が一つにつながり、謎《なぞ》が解けた!
どんな謎を解いたのか、アリスは顔が耳の先まで真っ赤に染まる。
白絹のような肌《はだ》が、朝焼けのように鮮《あざ》やかな朱色に変わり……、
「さあ、合体だ!」
魔王《まおう》はがばっと腕を広げて、アリスに迫った。
乙女、大ピンチ!
恥ずかしさのあまり、アリスは何度も言葉を詰まらせながら、怒りの拳《こぶし》を突きあげた。
「こ~、こ~、このエロ魔王~~~ッ!」
人類初! 人が魔王に加えた最初の攻撃《こうげき》が、みぞおちにヒットした。

と、そこへ。
「大丈夫か、アリス！」
オルファンが現れた。
「お父さん！」
「おお、さすがわが娘、単身、魔王に立ち向かうとは！」
オルファンは魔王の姿を見ても動じなかった。
来るべきときがついに来たのだ、という覚悟に引き締《し》まった顔をして、父を蔑視《べっし》してやまないアリスの目にもその横顔は凛々《りり》しく見えた。
「アリス、あとはワシにまかせろ」
「うんっ」
娘は疑いを知らぬまなざしで、父に身をゆだねた。
父は、そんな娘の肩を優しく抱くと、これ以上ない真剣な顔で告げるのだった。
「では、さっそく脱ぐのだ」
「へ？」
アリスはきょとんと小首をかしげた。
「裸になれと言うておる」
「な、な、なーに言ってんのよお父さん！　状況をわきまえなさいよ!!」

頬《ほお》を恥ずかしさで染めながらアリスが怒鳴る。
「おまえが裸になれば魔王《まおう》を撃退《げきたい》できるのじゃ」
「なによそれ、ばっかじゃないの!?　むちゃくちゃ言わないで！」
「ワシは真剣じゃ」
その通りだった。オルファンのまなざしは誠実だった。その瞳《ひとみ》には生を捨て死を覚悟した者だけが宿すことのできる無我の深みがあった。
「……確かに」
「わかってくれたか！」
アリスは拳《こぶし》に力をこめた。
「真剣だったらなにをしてもいいってコトにはならないのよ!!　このエロ親父《おやじ》～ッ！」
有史以来、初めて魔王に一撃を与えたアリスの空気をえぐり取るようなアッパーカットが、見事、父の顎《あご》にもヒットした。
「ご、誤解じゃ～っ！」
父はえび反りとなって、屋敷《やしき》の大広間、二階の天井まで広がる吹き抜け高く舞いあがる。
そしてシャンデリアをつかみそこね、そのまま自由落下で床に激突した。
「娘を裸にしようとしておいて、どこに誤解があるってゆうの！」
「これも世界を守るため……」

「どこが！」
すっくと立ちあがった父親は、懲《こ》りずに娘のブラの紐《ひも》に指をかけ、また張り飛ばされる。
「対魔王呪紋《じゅもん》の発動には《聖なる刻印《ホーリイ・カーブ》》の上で魔法陣を展開することが必要なのだ〜っ！」
「それといまのヘンタイ行為がどーやって結びつくの!?」
《聖なる刻印《ホーリイ・カーブ》》の呪紋は絶対運命《ワールドマスタリング》だ。無敵なのじゃ」
「わーるどますたりんぐ？」
「世界そのものとなったおまえは世界を自由にできるのじゃ」
「だからそれがなんでどうして呪紋を使うためにあたしが裸にならなくちゃいけないのよ！」
「そうなっておるのじゃ！」
「だからなんで!?」
「知らん！」
親父《おやじ》は開き直った。逆ギレに近かった。
「古文書にそう書いてあるのじゃ。《魔王使い《インカーネイター》》の身体《からだ》に浮かぶ《聖なる刻印《ホーリイ・カーブ》》の上で魔法陣を展開せよとな」
「あたし、呪紋の使い方なんか全然教えてもらってないよ！」
「知らなくていい。ワシがおまえの身体に対魔王呪紋を描くのじゃ」
「描く？」

そうだ、とオルファンは懐《ふところ》に手を突っこんで、筆と紙を取り出した。
「この《聖なる筆《マジック》》で、おまえの身体《からだ》にこの魔法《まほう》陣を描くのじゃ！」
紙に描かれていた魔王撃退呪紋《げきたいじゅもん》のマークは、髪の毛の薄《うす》い中年オヤジがお立ち台の上で踊っているような絵にも見えてしまう、なんともみっともないものであった。
「あたしの身体にラクガキする気か〜ッ！」
悲鳴をあげる娘と、その娘を無理矢理《むりやり》手にかけようとする父。
そんな凶行を阻止すべく、魔王が割りこんできた。
「待て、そんな真似《まね》はボクが許さない！」
アリスは魔王にかばわれるかたちになって、
「そうよ！　そんなことしていいと思ってるの」
「ちょっと待て、ワシが悪いのか!?」
なんだかおかしな展開になってきた。
「そうだ、この娘はボクと一つになるんだ！」
「それも違う！」
げしっ、とアリスが蹴《け》りを入れた。
「魔王を蹴るなッ！」
「蹴られるなっ！」

もはやこの場に世界の存亡がかかっているだなんてことは、筆が折れても書きたくないような雰囲気になっていた。

「スケベ、エッチ、ヘンタイ！　だいたいアンタ、女の子を襲《おそ》おうだなんてスケールの小ささで、天下が取れると思ってるの！」

「襲う？　誰《だれ》が」

「あたしのパジャマ破ったじゃない！」

「キミの胸にある《魔王の心臓》を取り出すにはぞうするしかないじゃないか。取り出すというよりはキミを取りこむ……一つに融合《ゆうごう》するわけだけど」

「……ホントに？　ほんっとーに!?　エッチなコトする気なかったの～？」

おいおい、論点ずれてないか？

「バカにするな！　どうして魔王《ボク》が人間ごときを襲わなきゃならないんだ！」

「じゃ、あたしは……」

一人で勝手にイヤらしい想像をしていたことになる。

アリスの顔がまたまた真っ赤に沸騰《ふっとう》した。

魔王はフンと鼻をならすと、

「誤解が解けたようだな。さあ、心臓をもらおうか」

バコッ……。

心臓の代わりに情熱をこめたパンチをもらえた。
「女の子にヘンな想像させないでっ！」
年頃《としごろ》の少女は理不尽《りふじん》で。
「それに心臓あげたら、あたしが死ぬじゃない！」
「死にはしない。融合《ゆうごう》するんだ。一つの身体《からだ》になるんだよ！」
「あたしはアンタとなんか一つになりたくない！」
「そうだアリス、その通りじゃ！」
と、オルファンは一緒に盛りあがろうとしたが、
「無理矢理《むりやり》、あたしと世界を心中させようとしたお父さんにもムカつくけど……」
と、アリスに眉《まゆ》をひそめられた。
まあまあ、とオルファンは娘をなだめて、魔王《まおう》に向き直る。
「出てきたところで申し訳ないが、お引き取り願おうか。貴様が眠っている間に、人類もいくらか進歩をしてな。倒すことはできないにしろ、この《聖なる筆《マジック》》を使って、娘の肌《はだ》に呪紋《じゅもん》を描けば、貴様を魔王界《ダークスフィア》の牢獄《ろうごく》に弾《はじ》き飛ばすぐらいのことはできるようになったのじゃ」
「娘を殺したあとで、《心臓》を頂いてもいいんだぞ」
「できないから生かしているのだろう？　うかつに《心臓》を傷つけたらオシマイじゃからな」
フフ、と魔王が笑った。

フフフフ、とオルファンが笑った。
二人は不敵な表情を浮かべて睨《にら》み合った。
横にいたアリスは白い目で、
「あんたたち、そんな方法で世界をかけて戦おうとしていたわけ——っ!?」
「そうだ」「その通りじゃ」
バカな質問をするなとでも言いたげな目つきで返事をした二人を、アリスはあからさまにバカにした目で言った。
「もっとマジメに戦いなさい！」
マジメだったら、世界を滅ぼそうとしてもいいのだろーか？
「マジメもマジメ、大マジメ！　さあアリス、世界を救うために裸になるのじゃ！」
「世界を助ける前に娘を助けるべきじゃないの!?」
「おまえはいったいどっちの味方なんじゃ！」
「どっちも敵よ！」
「……父さんは悲しい」
「あたしは父さんの娘に生まれたことが悲しい……」
親子断絶。
現代の歪《ゆが》みが生み出した悲劇《ひげき》がここにあった。（ない）

どうだろう、と魔王《まおう》がアリスに歩み寄ってきた。
「キミが死なないし、ボクと融合《ゆうごう》しなくてもいいんなら、少しの間だけ裸を我慢して、ボクに心臓をくれるというのは」
「そんな方法あるの？」
「ない」
「じゃあ黙《だま》れ」
もはやアリスの中には、目の前にいる男が、天地《てんち》開闢《かいびゃく》の時代、世界を六度滅ぼしたと言われる大魔王なのだという認識など、因果地平の彼方《かなた》にまで吹き飛んでいた。
やれやれ、とため息をつきながらアリスは提案する。
「もうこうなったら、ジャンケンかなんかで決めたらぁ？　世界の運命」
すると魔王とオルファンが同じセリフで怒った。
「そんなしょうもない方法に世界の運命をかけられるか！」
「じゃあ、アンタたちがあたしにしようとしていることはいったいなんなのよ！」
互いに歩み寄れる余地はまったくなかった。
こうして生物は許し合うことを忘れ、争い続けるものなのだろうか……。
先に痺《しび》れを切らしたのはオルファンだった。
ええい、と娘の腕をつかむや、有無を言わさず服を脱がしにかかったのだ。

「このダウス・オルファン、娘に非情な運命を背負わせたときから、罪の十字架を背負ったつもりじゃ！」
「十字架背負う前にすることあるでしょ、反省とか！」
「アリス、怖がることはない。裸は美だ、生まれたままの輝《かがや》きなのじゃよ」
「いーやーっ！」
「おお、アリス、いつの間にかこんな立派に成長しおって、父さんは嬉《うれ》しいぞ～」
「やだ、もう、どこ見てんのよ！」
「コラ、おまえそれでも父親か！」
ぬけがけは許さないとばかりに魔王がアリスを奪おうと迫る。
だが、わずかの差、オルファンが娘の身体《からだ》から最後の一枚をはぎ取るほうが先だった。
《聖なる筆《マジック》》で、娘の肌《はだ》に『×』を描く。
「呪紋《じゅもん》発動！」
魔王の手がアリスにかかる紙一重。アリスの肌から黄金色の光が生まれ出《い》で、その輝きの波動に弾《はじ》き飛ばされた魔王は、その身を壁《かべ》にはげしく叩《たた》きつけるのだった。
「ぐおわッ！」
光の波動に押さえつけられた魔王は、指先一つも動かせない。
「こんな……バカなッ！」

「どうだ魔王《まおう》、これが人類の叡智《えいち》じゃ！」
娘にしていることは立派な犯罪なのだが。
「もー、バカバカバカ、お父さんのバカ！」
逃げられぬように、オルファンはアリスの身体《からだ》に馬乗りになっていた。
悪魔はいったいどっちなんだろう……。
「こら、動くな。いまから魔王を元の世界へ吹き飛ばす呪紋《じゅもん》を描くのじゃ」
「ひーん、やめて～」
「う、ぷよぷよしてて描きにくいな」
「やだ、どこに書いてるのよ、エッチ！」
「しょうがあるまい、《心臓》に近いほど効果があるのだからな。我慢しろ」
「いや、くすぐったい、やめてよ、やめてったら」
アリスは顔中を真っ赤にして身をよじる。
しかし、世界を守るという使命に燃える父はそんなことにはとらわれない。
「できた！」
ちょうどアリスの左胸、ぷっくりと盛りあがった乳房の上に、髪の毛の薄《うす》い中年オヤジがお立ち台の上で踊っているようなマークをした魔法陣が展開された。
勝利を確信したオルファンの目がキラキラと輝《かがや》く。

しかし、ここに至るまでの事情を忘れた目でこの場面だけを見るとそれは、ノーパンしゃぶしゃぶの店で興奮《こうふん》するイイ歳《とし》こいたオッサンの喜びにも見えなくもなかった。
オルファンは人差し指を高々と掲げ、振りおろす。
「呪紋発動、ポチっとな！」
押し当てた先は、アリスの桜色の先端だった。
同時に彼女の恥じらいも限界を超えた。
「もーっ、お父さんのバカーッ！」
悲鳴とともにアリスの身体から弾《はじ》けた黄金色の波動が一瞬《いっしゅん》にして魔王を溶かす。
呪紋の力が、魔王を別の次元へ押し出しているのだ。
勝ち誇った顔でオルファンが言う。
「これで貴様も最期じゃ。魔王め、ザマアミロ！」
それに対して、ほんの一瞬に魔王が言い返せたのはわずか一言。
「これで済んだと思うなよ〜〜〜！」
完璧《かんぺき》なほどに負け犬の捨てゼリフだった。そんな言葉を残して魔王は消滅した。
「よくやったアリス！　世界は守られた！」
オルファンはアリスの身体から身をどかし、抱きあげようとする。
ところが魔王をこの世界から吹き飛ばしたというのに、アリスの身体から放射される光の波

動は弱まるどころか、むしろぐんぐんと強くなってゆくのだ。
「もういい、もういいんだアリス！」
だが、アリスの耳には父親の声など届いてはいなかった。
泣いていたからである。
両手で涙を拭《ぬぐ》いながら、泣いているというよりも吐いているような声で嗚咽《おえつ》していたのだ。
泣ーかした、泣ーかした、というヤツである。
うっ、とオルファンは胸を痛める。やっと父親の良心に目覚めたのだ。
遅いだろ。
どうやら《魔王《まおう》の心臓》は、精神状態に大きく影響《えいきょう》される能力のようだった。
泣きじゃくるアリスからほとばしる光は、いよいよいっそう強く激しくなっていった。
「頼む、アリス、落ち着いてくれ！」
それはいまさら身勝手な注文というヤツだった。
瞬間《しゅんかん》、アリスの身体《からだ》が光と一つになった。
音もなく、すべてが白く溶けた。
まるで、世界の終わりのような。

んで。

どのくらいの時が過ぎたか。

「う……」

まぶたの隙間《すきま》から光がさしこんで、アリスは意識を取り戻した。

抜けるような青が目に飛びこんできた。

空だ。雲一つない青空だ。

おかしい。あたしは自分の部屋にいたはずなのに……。

なにもなかった。

白樺《しらかば》の屋敷《やしき》。緑なす樹木《じゅもく》。青々とした芝、そして色とりどりの花々。

アリスが生まれ、そして育った場所は、なにもなく、砂以外になにもなく、あるのは空の抜けるような青だけで、一帯は隕石《いんせき》が落ちたあとのように大きく陥没していた。

みんなは……お父さんは……、アークは……、

「やはりこういう結果を招いたか……」

「アーク！」

アリスは九死に一生を得たような安堵《あんど》を顔に浮かべてアークのもとへ駆け寄った。

「大丈夫だったの？」

「武器を取りに行ってたからな」

と、アークは手にしていたものを見せた。銃のグリップのようなものが握られていた。中央

には呪紋《じゅもん》が刻印されている。つまり発掘魔法《マインワーク》なのだが、オルファンがこの場にいれば、それが魔王兵器《フォービドン》の一つ、ニーズホッグであることがわかったであろう。
「ねえ、アーク。あたし……！」
どこかの砂漠《さばく》だろう、と、アークはまだ熱を持った砂をすくいながら答えた。
「たぶん、先生たちはこの砂のある土地に飛ばされてるな。死んではいない。呪紋が間違ってたんだろーな。成功してればルークもろとも一帯が消滅してたはずだし」
「ああ、よかったぁ……」
アリスはホッとすると、へろへろと力が抜けてへたりこんでしまった。
アークは冷静な顔で、きれいさっぱりと洗い流されてしまった土地を見渡す。
「いやー。たいしたことがなくてよかったな」
「これのどこがたいしたことじゃないのよ！」
ペンペン草も生えないどころではない。
広大な屋敷《やしき》は瓦礫《がれき》一つに至るまで粉々の散り散りとなり、廃墟《はいきょ》ですらもなくなっていた。
「魔王兵器《フォービドン》の暴走がこれぐらいで済めば奇跡的だ」
「——！」
アリスは口に手を当て、言葉を失った。
途端に三六〇度広がる荒涼とした世界が、自分が作り出してしまった光景が、圧倒的な現実

として胸に迫ってきた。
　自分のせいかもしれない――。
　アリスは唇《くちびる》を噛《か》み、怯《おび》え、
　そして震《ふる》えるように、つぶやいた。
「あたしが力を制御できてれば……。こんなことにはならなかったのかな……？」
「アリスが力を使うのをやめたところで、ルークが復活すれば遅かれ早かれ同じことだ」
「復活って……、魔王《まおう》は封印したのよ！」
「呪紋が未完成だったって言ったろ？　ルークの消滅も中途半端だってことだ。すぐに復活してくる」
「じゃあ……じゃあ、倒さなくちゃ！」
　アリスは言っていた。本能的に決断していた。
「いいのか？」
　こくり、とうなずく。
「こうなったらイヤイヤ言ってられないよ。止められるのがあたしだけなら、やるしかないよ」
「そうだな。ルークに復活されたら困るしな」
「そうよ！」
「アリスの世界征服に邪魔だもんな」

ずるっ、とアリスはまんがみたいなコケ方をした。
「なんでそーなるのよっ⁉」
「え……。だからルークに先を越されたくないだけじゃないの？」
「違うわよ！」
「なんで？　アリスは魔王《まおう》の力を手に入れたんだぜ」
「なんでって……」
アリスは、きょとんとした顔で尋ねるアークのバカさ加減にめまいを感じた。
「魔王が復活したら、大変なことになるんでしょ？」
「まあ、いまのまんまじゃ先生たちを助けに行ったところで、ルークがやってきて、おまえをどっちが脱がすかって、ハレンチ合戦が再開されるだけだろうしなぁ……」
「そういう争いじゃなくて！　誰《だれ》かが守らなきゃ世界が危ないでしょ！　魔王を倒せる力を持った人間が」
「ハレンチ合戦のほうは再開してもいいの？」
「魔王を倒さない限り、アンタたちの痴漢行為も止まんないんでしょーがっ！」
世界も大事だが、ケダモノから自分の身を守ることもアリスにとっては重要な問題だった。
「誰かが倒してくれるんだったらおまかせするけど、魔王と対等の力を持っているのはあたししかいないんでしょう？　だったらやるしかないじゃない！」

「てゆーかさ、魔王兵器《フォービイドン》は体内にインカーネイトしなくても使えるんだからさ。コレみたいにアイテムに封じて使えば、アリスもそんな目にあわずに済んだのにな」
両手を頭の後ろで組みながら、アークはあっけらかんと言った。
そうなの？　と、アリスは目を丸くした。
「うん」
「アーク、知ってたの？」
「うん」
「お父さんに教えなかったの？」
「うん」
「わかってたんなら、なんで黙《だま》ってたの？」
「だって……」
「だって？」
嬉《うれ》しそうに、一言。
「アリスのハダカが見れるから」
アークは指でさした。
美しくもあらわにさらされた、胸の果実の先っちょを。
触れられて、アリスはやっと自分が生まれたままの姿で立っていることに、気づいた。

「そう……アンタだったの……悪の黒幕はアンタだったのね……」
アリスは大地が揺れるのを感じた。
全身を激しく揺さぶる振動を確かに感じていた。
それは身体《からだ》の震《ふる》えだった。
ぶるぶると鼓動を刻み、ぐつぐつと煮立つ激情の怒りであった。
「超殺すッッッ！」
アリスはアークをど突いた。ど突きまくるしかなかった。

2

第2話　「おっぱいで地球を救う少女」

世界はいろんな連中に狙《ねら》われていた。
たとえば、主人公とかに。
「さしあたっての問題は、ルークよりも早く世界を滅ぼす方法を考えることだが……」
どげしっ……！
「あたしの問題はアンタのよーね」
アリスはアークの背中を踏みつけていた。それはもうぐりぐりと。
シャツとズボンを奪い取ったので、あられもない姿をさらしているのはアークのほうだった。
「いい方法だと思うんだけどなぁ」
「どこがよ！」
「アリスはルークに世界を滅ぼされたくないんだろ？」
「……う、うん」
「俺《おれ》たちが先に滅ぼしちゃえば、ルークは世界を滅ぼそうにも滅ぼせなくなるぜ～」
なるほど～、とアリスはうなずきざま、拳《こぶし》を飛ばした。
「根本的に世界を救えてないじゃないの……ッ！」
昼下がりの空はなにごともなかったように和んでいた。
凧《たこ》のような姿の巨大鳥エアルマンタのつがいも、のんびり優雅に空の波間に浮かんでいる。
地上では、ずきずきと痛む頭をさする愚かな男がいて……、

「……気が楽になるかと思って、冗談を飛ばしたのに」
「アンタの冗談はいつもあたしを不安にさせるのよ」
身の丈は頭一つアークのほうが高い。
けれどもどこか幼く見えてしまうのは、精神年齢《ねんれい》の低さもあるのだろうか。ある種の品の良さを感じさせる容貌《ようぼう》のせいで、大人になることを忘れた子供のような雰囲気があった。
それでアリスもごまかされてしまうところがあり。
「もういいわ。悪いのはお父さんなんだもんね」
と、ため息をついてアリスはやりきれない顔をした。すると、
「にしてもさ、ホントに来るとは思わなかったな、ルーク」
「なにワクワクしてんのよ、アンタは」
「だってさー、まさかメールを送ったら本当に返事が来るとは思わなかったもん」
「はあ？　どういうこと」
「小遣い稼《かせ》ぎに魔法《まほう》発掘してたら、封印されている《魔王の心臓》を見つけちゃってさ。見つけた以上は使ってみたくなるだろ？　だから古代《アドレス》の文献を調べて魔王にメールを送ったんだ」
「やっぱり悪いのは全部アンタなのか――――っ！」
激怒のあまりアリスは髪の毛を逆立てた。にもかかわらずアークはあっけらかんと、

「だって、そうでもしないと《魔王《まおう》の心臓》の封印解いても面白くないだろ〜?」
「面白いとか面白くないって問題なの? それは!?」
忘れていた。アークのバカが底なしだということを。
アリスはめまいがした。なんでコイツはそーいうしょーもない動機で、とてつもなくどーしようもないコトができてしまうのか。
「魔王なんかと戦争になったら、世界のほうが滅びちゃうかもしれないでしょ!」
「人聞きの悪いことを言わないでくれ」
「じゃあ、どう言えばいいのよ」
アークはわざとらしいぐらいに思慮《しりょ》深く眉間《みけん》に皺《しわ》を寄せると、わざとらしいぐらいに腕を組み、わざとらしいぐらいにカッコをつけて言い放った。
「俺《おれ》という人間の器《うつわ》に、世界が収まらなかっただけのことさ」
「わかってるんだったら世界に遠慮しなさいよ! 地球は壊《こわ》れやすいガラスの星なんだから!」
「まあ、確かに世界が滅んじゃったら困るよな。チョコプリン食えなくなるし……」
彼にとってはかなり深刻な問題らしい。アークはなんだかマジメに悩みだした。
「アンタにとって世界って、それだけの価値しかなかったの……?」
アリスはがっくりと膝《ひざ》をついた。
「せ、世界がアホによって滅ぼされようとしてる……」

「あはははは」
「笑いごとか――――――っ!」
アークは反省した。全身をズコボコに殴られて。
「こうなったら俺もマジメに協力するよ」
「ホントなんだか……」
アリスがうろんげな目を向ける。
「だってアリスが魔王に殺されたら、やだし」
「え」
「世界はどーなってもいいけど、アリスは大事だもん」
「そ、そう?」
アリスは照れるのか、きょろきょろと視線をさまよわせると、髪をかきあげながら、しょうがないわねー、とため息をついた。
「過ぎたことはしょうがないし、まあ、許してあげる」
アリスのバカも底なしだった。
「じゃ、魔王について知っていることを教えて。アークだって一応お父さんの弟子だったんだ

から、少しは知ってるんでしょ？　弱点はないの？」
「そんなもんがあったら歴史もずいぶん単純になったと思うんだが……」
「聞いてみただけよ、聞いて」
自分でも言っててバカな質問をしたな、と思い、アリスは頬《ほお》を染めた。
「魔王《まおう》の身体《からだ》……というのも変か。魔王には人間のような肉体はないしな」
「ないの？」
「魔力の希薄《きはく》なこっちの世界では、魔王が人間でいうところの身体――エネルギーフィールドを維持するのは難しいんだ。だから、さっきのルークのように、エネルギーフィールドを肉体に変換して、自分が拡散しないようにするんだ。つけ目といえばそこぐらいか？　物質化《マテリアライズ》してれば破壊《はかい》できるしな。エネルギーフィールド状態の魔王は天変地異と同じで倒しようがない」
どういうこと、とアリスが尋ねる。
「地震《じしん》がなんで起こるのかがわかったところで、阻止のしようなんてないだろ？」
アリスは人差し指を唇《くちびる》に当て、しばし考えて、理解した。
「せめて、地中でナマズになっててくれれば倒せる……ってことなのかしら」
「そんなもんだ」
ゼロではないといっても、一パーセントになっただけのようなものだけどな、とつけ足す。
「ゼロよりはマシよ。可能性があるんだから」

「けど、魔王を魔法で倒すことはできないぜ。武器も歯が立たない」
けれども人間たちには、二〇〇〇年前に魔王を駆逐した、たった一つの方法がある。
「魔王を倒せるのは魔王だけ——魔王兵器《フォービドン》だけだ」
アークは真剣なまなざしをした。
まっすぐな目でアリスを見ていた。
その胸を。
「おっぱいが世界を救ってくれるとは、この世の誰《だれ》も思ってないだろうな……」
「そーれーをーいーわーなーいーでー！」
「あ、《刻印》が活性化してきた」
赤くなりかけたアリスの顔に、先ほどの紋様が浮かびだした。
「えっ！　ええっ⁉　止めて止めて！」
「ついでだ、予行演習でもしておくか。先生の失敗を見るに、紙に描くときとは勝手が違うみたいだしな。予備の《聖なる筆《マジック》》もあるし」
きゅぽん、とアークは《筆《マジック》》のキャップを抜く。
「やめてよ、やめてよ！」
「おー。どんどんカタチがはっきりしてきたぞ」
「だからやめてって言ってるでしょ！」

「いいじゃんいいじゃん！」
「よくないよくない！」
「おっぱいで魔王《まおう》と戦うなんて、めっちゃ面白いよなーっ！」
「面白かったら、アークはなんでもいいわけ⁉」
「うん」
バチン……！
アークの要求に返ってきたものは、彼女のビンタだった。
「マジメになるんじゃなかったの⁉」
「先生の悲劇《ひげき》を二度と繰《く》り返さないためなのに……」
「あたしの悲劇は繰り返されてもいいの⁉」
「それは……」
不意に、銃声。
アークの鼻先を一発の弾が掠《かす》め飛んだ。
「キ、キキッ、貴様！　アリスさんに何をしたあああああああああああああッ⁉」
二人は声の方角を見た。爆発《ばくはつ》で大きく穿《うが》たれた穴の縁《ふち》に魔法銃を構えた男が立っていた。
ジャスティだ。
「まずい……」

アリスはとっさに顔を青くした。

まったく性分の合わない関係を、水と油のようだと形容するが、水と油ならまだいい。

アークとジャスティは、火と油の関係であった。

顔をつき合わせたら最後、話がもつれなかった試しがない。

「お願いだから事を荒立てないで〜っ！」

どちらに対して叫んだものか。

すでにジャスティは地面を蹴《け》って、斜面を駆けおりていた。

目が、血走っている。

「アーク！　どうして貴様の服をアリスさんが着ている!?」

「そりゃ、ハダカだから」

「なにをした!!」

「イタズラ」

「なにぃいいいいッ！」

ジャスティは走りながら銃を発法した。

そんな撃《う》ち方で当たるわけもなく、魔法はアークの遥《はる》か後方に着弾。派手な炎をあげた。

「あうあうあう」

案《あん》の定《じょう》な展開に、アリスは涙をはらはらと流した。

「貴様……貴様、ついにアリスさんにしてはならない、、、、、、、コトをしたなァ!!」
ジャスティが目《ま》の当たりにしたのは、薄手《うすで》のシャツとトランクスといった、限りなくハダカに近い姿のアークと、彼の上着を着こんでいるだけの、じゃあさっきまでなにも着てなかったのか!? 男と女が二人してそんなあられもないカッコでいったいなにやってたんだよっ! とツッコミたくもなるアリスの姿であった。
「アイツ、絶対、とんでもなくやらしいコト想像してるぜ」
と、アークは耳打ちした。
もーっ、とアリスは顔を真っ赤にさせて、
「アークが誤解を深めるような言い方したからでしょう!」
「アリスさん、そいつから離れて!」
まるで怒気が人間と化したようなジャスティは、感情に身をまかせ銃を連射した。
身をまかせすぎたせいで照準が定まらず、全然当たらなかった。
むしろ、魔法《まほう》はアークから少し離れたところに次々と命中するので、アリスはアークから離れようにも離れられなくなってしまうのだ。
「ジャスティさん、やめてやめて!」
「アーク、死ねッ」
「逃走もしてない容疑者を撃《う》つんじゃねえよ、この不良警官《けいかん》」

アークはアリスの上着の襟《えり》を引きちぎると、ぽろりと露出《ろしゅつ》した胸に『×』を描いた。
瞬時《しゅんじ》に衝撃波《しょうげきは》！
ジャスティは軽く数十メートルは吹き飛んで、ボールのように地面を転がった。
パチン！　と気持ちのいい衝撃音。
これで右頬《ほお》だけでなくアークの左頬にも、きれいなアリスの手の跡が刻まれた。
「……だから、やめてって言ってるでしょ！」
ボタンが飛んだせいで、自然とはだけてしまう胸を隠しながらアリスは言った。
いっぽうジャスティもよろよろと立ちあがって。
「そうか、貴様、アリスさんを卑猥《ひわい》な魔法の実験台にしたんだな」
「うーん、だいたい当たってる」
「殺すッ！」
と、銃を構える。
「もーっ！　アークが余計なコトを言うから、話がややこしくなるんでしょ！」
「あ、ジャスティかばうんだ。やっぱりなア」
ニヤニヤするアーク。
「なによ、どういう意味？」
「いやいやなんでも」

「ちょっとちょっと！　なによその顔、絶対に勘違いしてる！」
「どいてくださいアリスさん！　この男はいま殺しておかないとロクなことになりません！」
「まあ、それはあたしもチラリと思ったりするけれど……そうじゃなくて！」
「どいてくださいアリスさん！」
「どいたら撃《う》つんでしょ！」
「大丈夫だってアリス。ジャスティのへっぽこ銃なんて当たんないからさ」
「もーっ、誰《だれ》のためにかばってあげてると思ってるのよ！」
「こらーっ、気安くアリスさんの肩に手をのせるな！」
「これ以上、ジャスティさんを怒らせてどーすんの！」
　ここだけの話、アークはアリスとジャスティが好き合っていると思いこんでいて、仲のいい二人をからかって面白がっているのだった。
　いまはそんなことしてる場合じゃないだろ、という意味でもバカなのだが、女心がわからないという意味でもバカだった。パーフェクトだ。おめでとう。
「アリスさん、どうしてそんな男を守ろうとするのです！」
「どうしてって……」
　口ごもるアリス。ちらりとアークを見る。
　ずんずんと歩を進めるジャスティは、すいませんと謝《あやま》って、強引にアリスをどかせようとす

るが、アリスはアークの腕をつかんで放さなかった。
「ア、アリスさん？」
こうなれば仕方ない。アリスはキッと唇《くちびる》を結ぶと、思い切って叫んだ。
「アークは……いまのあたしにとって必要な人なの！　死なせるわけにはいかないの！」
「な、な、なんですと……！」
絶句するジャスティ。頭の中がぐわんぐわんと動転していた。
「いーのかアリス？　そんなこと言っちゃって」
わざとらしくアリスの肩を引き寄せたアークは、
うっ、とうめいた。
調子に乗るな、とアリスの肘鉄《ひじてつ》を喰《く》らったからだ。
でも、それをジャスティは見ていなくて……というか彼はアリスのセリフをどう解釈したのか、ショックのあまり、うつろな目を空に向けるばかりで、そんなバカな……そんなバカな……と、壊《こわ》れた鳩《はと》時計のようにつぶやき続けていた。
「フォロー入れてやれよ……」
「わ〜、ジャスティさん、なに想像してるんです!?　誤解です、私は単に……」
と、言いかけたときだ。
さあああ、と空が暗くなった。

青々と晴れ渡っていたはずの空に、墨が流れていくように夜が広がっていった。
そこへ現れたのは、顔。
巨大な顔だった！
魔王《まおう》ルーク・ザ・ルーツの巨大な竜《りゅう》顔。
雲のカタチがそう見えるのではない。明らかに立体感を持ったなにかが空に浮かんでいた。
空を覆《おお》い尽くすほどのそれが、ぎろりと地上を睨《ね》めつけていたのだ。
なにごとが起きたのかと外に出てきたフェザーリーブスの住人たちは、その恐るべき空を見あげ、魂を抜かれたように立ちつくし、あるいは膝《ひざ》をついて神の聖句を唱え始めた。
「フェザーリーブスの住人たちよ……。神々の呪《のろ》われしイミテーションたちよ……。我は根源《ルーク》にして終末《ザ・ルーツ》の魔王である」
空が鳴るように、ルークの声がいんいんと響《ひび》いた。
「アーク、アイツが魔王よ！」
知ってるさ、とアークは空を睨《にら》んだ。
「なにが『われ』だ。もったいぶりやがって」
「……な、なんで空が暗いんだ？　のわ〜ッ！　か、顔！　なんで顔が〜ッ!?」
ジャスティも意識を取り戻したようだった。アークがそっと耳打ちする。
「アイツがアリスを襲《おそ》った張本人だぜ」

「なに〜ッ！」
　ジャスティは目をむいた。
「我は《聖典《バイブル》》に記されし最後の年の始まりを告げるために現れた魔王の中の魔王ぞ。恐ろしいか、泣き叫びたいか、それも生きておればこそできるもの。魔王の与える生の悦《よろこ》び。存分に怯《おび》え苦しむがいい……ククク、ハハハハハ！」
　ダンッ、と空にめがけて光弾が一閃《いっせん》。
　撃《う》ったのはジャスティだった。
「ふざけるな！　貴様、なにをしに来た！」
「礼を言いにきてやったのだ。我を蘇《よみがえ》らせた礼をな」
「蘇らせた？」
「手を貸す者がなくて、どうして魔王である我が《運命の車輪《ホイール・オブ・フォーチュン》》の結界を越えることができよう」
「誰《だれ》だソイツは！　裏切り者は！」
「仲間の名を告げるわけがなかろう」
　と、魔王が黙秘《もくひ》したにもかかわらず、アリスは叫んでしまっていた。
「あたしはアンタの仲間になった覚えなんかな〜いッ！」
「えっ!?」と、ジャスティが振り向く。

「あ……」

しまった、とアリスは口を押さえた。もう遅い。

「いや、いまのはちょっとした言葉のあやで、あたしは魔王《まおう》となんの関係も……」

と、思わず両手を横に振って、違う違うと強調しようとしたことで、右手がシャツから離れてしまい、ボタンの取れたシャツのあわいから、

花のつぼみが開くように、胸が、こぼれてしまったのだ。

しまった……！　とアリスが思ったときには、

ジャスティはその柔肌《やわはだ》を、

初雪のように柔らかく積もった白肌と、その山頂に頂いた桃色の冠を、

見てしまった。

一瞬《いっしゅん》で衝撃波《しょうげきは》を喰《く》らったさっきとは違って、それはもうはっきりと。

彼女の色素の薄《うす》い肌がみるみる間に真っ赤に染まり、《刻印》が浮かびあがった。

「ア……アリス、さん？」

「こ、これはですね。話せば長くなるんですが《魔王の心臓》と言いまして、魔王兵器《フォービドン》の……」

クハハハハ、と天空からの高笑いがアリスの声をかき消した。

「我が妃《きさき》にして大賢者《エスタブリッシュメント》の娘、そして《魔王の心臓》を抱きし少女よ、いまからでも遅く

はない。その身体《からだ》に刻まれた《刻印》の力をもって、我のいる空中庭園エルナ・デッセトリアへ来い。そして我と一つとなれ。さすれば新しい世界の半分はおまえのものだ！」

と、最後に言い残して、顔は霧《きり》のように消えてしまった。

闇《やみ》が晴れ、世界は光を取り戻す。

空はふたたび青々とした輝《かがや》きに包まれ、地上では──疑惑に曇《くも》ったまなざしのジャスティが、アリスたちを睨《にら》みつけていた。

「……あ、あのね、ジャスティさん。確かにあたしはこんな身体をしてるけど、アイツの言ってることは大ウソで、いまからアイツを倒す旅に出ようとしているところだったの……」

「なるほど──わかりました」

ジャスティは大きくうなずいた。

「わかってくれました？　ああ、よかった」

「そう言って貴様！　魔王と合流するつもりなんだろう！」

「全然わかってない～ッ！」

「アリスさんが、アークのことを好きだなどと（著者注・そんなことは言ってない）ありえないと思ったわ！　貴様、アリスさんに化けることで、おおかたオルファン殿の研究を奪うつもりであったのだろう、その男と組んでな！　このニセモノめ、死ねッ！」

「おまえが死ねよ」

ジャスティが銃を構えようとした刹那《せつな》、アークはとっさにアリスの後ろに回りこみ、彼女の背中に人差し指を当てると、つーっと背筋を下がらせた。
「きゃっ」
と、反射的にアリスの腕は胸からほどけた。その隙《すき》を狙《ねら》ってアークは呪紋《じゅもん》を描きこむ。
「発動ッ！」
銃から放たれた魔法《まほう》はあっけらかんと跳ね返り、ジャスティに見事突き刺さった。
爆発《ばくはつ》！
ジャスティは炎に包まれて……。
「もー、何度言ったらわかるのよ〜っ！」
アリスはアークめがけてぶんぶんと拳《こぶし》を振り回すが、アークはボクサーさながらの体さばきで巧みに避《よ》けた。
「遊んでる場合じゃないぜ。アリス、そろそろ逃げよう」
「そんなことしたら、あたしたち魔王の一味だって認めてるようなもんじゃない！」
「もうルークはあんな魔法を展開できるまで魔力を回復させてるんだぜ。無罪が証明されるまでにどれぐらいかかると思ってんだ？　世界がなくなっちまうだろ」
「でも……」
「モタモタしてると、さらに愉快な展開になるぞ」

その通りだった。屋敷《やしき》の消滅、魔王の出現、先ほどからの爆発音を聞きつけて、住人たちがわらわらと駆けつけてきていたのだ。

「どういうことだ、なにが起こったんだ！」

「見ろ、ジャスティが黒こげになっとるぞ！」

「アークとアリスは無事のようじゃ」

「ジャスティ、どうなっとるのか説明してくれ！」

ブスブスと煙を全身のあちこちから立ちのぼらせていたジャスティは、ずびしっ、とアリスたちを指さした。

「こいつらこそ魔王の手先！　いや《魔王の心臓》を宿しているからには、もう一人の魔王と言ったほうがいいでしょう！」

「なんだと！」

「しかもこの女は、アリスさんに成り代わった真っ赤なニセモノ！」

「そうなのか！」

「違うーっ！」

と、悲鳴をあげるアリスを、ジャスティは銃の柄でゴチンと殴り、

「黙《だま》れニセモノ！　アリスさんをどこに隠したか言え！」

「だからあたしが本物っ！」

「他人は騙《だま》せても、この私が騙せると思ったか！　ずっとずっとアリスさんのことを見てきたこの私が、アリスさんのことを心から愛しているこの私が、見間違えるわけがなかろう！」

「え」

きょとんとするアリス。

「ね、ちょっとアーク。ジャスティさんのセリフ聞いた？　あたしのこと好きだって。ねえ、どう思う？」

「気づいてなかったのかよ……」と、呆《あき》れるアーク。

アリスはなにやら楽しげに照れながら、アークの目をのぞきこんだ。

「どうにもならんと思うが……」

アークは素っ気なくジャスティを見やる。

「本物のアリスさんはなぁ……」

ジャスティはわなわなと震《ふる》わせた指を、絶対の確信をこめて突き出した。

「胸がない！」

「大きなお世話よ————ッ！」

と、魔王《まおう》に一撃《いちげき》を喰《く》らわせたアッパーカットが、ジャスティを空高くブッ飛ばした。

「おお、警官《けいかん》に刃向かったぞ！」

「フェザーリーブスは俺《おれ》たちが守る！」

どどどど、と鍬《くわ》や火薬銃を持った男たちが斜面を駆けおり始めた。
「ほらな。どうにもならなかったし、ややこしくなったろう？」
ぽん、と子供をあやすようにアリスの頭に手をのせる。
「ううううう～っ」
「と、ゆーわけで……。おまえら、みんな吹き飛べーーッ！」
「ぎゃあああああ～ッ！」
アリスの胸から呪紋《じゅもん》が発動。殺到した男たちは花火のように宙を舞った。
「どんどん本当の犯罪者になっていってる気がする～！」
「気のせいだ、走れ！」
次々と降ってくる人の雨をかいくぐりながら、アリスは叫んだ。
「ご～め～ん～な～さ～い！」
「追え、追え～ッ！」
そして誰《だれ》もいなくなり、現場には頭から地面に突き刺さったジャスティだけが残された。
彼はバタリと倒れると、ずきずき痛む頬《ほお》をさすりながら起きあがり、つぶやくのだった。
「あの凶暴さ、あの拳《こぶし》、あの力……本物だ、本物のアリスさんだ」
誤解が解けてよかったね。

「そこの角を曲がったぞ！」
「回りこめ！」
男たちの怒号のような叫び声が飛び交う。
「も～、なんでこうなるの～っ！」
走るアリスがミジメな声をあげた。
みんなで鬼ごっこをしてると思えば気分も晴れてこないか、とアークが励ました。
「それで晴れるのはアンタの頭の中だけだ」
フェザーリーブスは四方を山に囲まれた緑の町である。
大陸西南部に位置するこの一帯は、もともとの原住民である狩猟民族を追い立てるように、ここ一〇〇年ほどで植民が進んだ地域であった。
守るに易く、攻めるに難い。開拓地としては絶好の地形なのであったが、それは同時に逃亡者が脱出するためのルートも限られていることを意味していた。
道に飛び出したアークは、駅へ延びる坂道を下っていったのだが、今日の列車は出たばかりで、じきに馬に追いつかれ、行く手にも回りこまれ、あとはもう低きに向かって流れる水のようなもので、どの道をどう走ったところで、河口の堰《せき》にたどり着くだけのことであった。
二人が堰《せ》き止められたのは、町の西南に位置する市議事堂前の広場であった。中央には入植を記念した碑が建ち、碑を挟んだ議事堂の反対側には、テニスコートほどの広さの丘にストー

ンサークルの遺跡《いせき》がある。見慣れた場所が、自分たちの処刑場になろうとしていた。
「さっさと脱げ、そして俺《おれ》の自由にさせろ！」
「イヤ〜っ！」
ただ走った。
走るだけだった。
乾いた土が蹴《け》りつけられてはねる。
自警団《じけいだん》が撃《う》った火薬銃も、土を蹴り立てた。
一発がアリスの靴《くつ》に命中する。
彼女はそのまま足をすくわれて転倒した。
「アリスッ！」
「大丈夫っ。立てるから！」
すると自警団のリーダーが発砲を制止した。
投降を勧告するためではない。回りこんだ仲間が広場の向こう側から現れたからだ。
「悪あがきもここまでだな、アーク！」
その先頭にいたのは、勝ち誇った顔のジャスティだった。
「アリスさん、先ほどは勘違いして申し訳ありませんでした！」
「わかってくれたんですね！」

「ええ、わかりましたよ」
言うや、ジャスティは唇《くちびる》の端を歪《ゆが》ませた。
「よーするに全部アークのクソバカが悪いんですね！」
間違ってはいなかった。
「ホントにわかってんのかぁ？　おまえ」
うさんくさげな目をするアーク。
「わからんでも、アリスさんが困るようなコトをしでかすのは貴様しかおらんだろーが！」
「そうかなあ？」
「自覚しろ！」
「ちょっとジャスティさん！　なんで銃を構えてるんですか！」
「いい機会です。私は警察官《けいさつ》として、クソバカをここで始末します」
「てめー、その行動のどこが警察官なんだよ！」
「アリスさんのために戦うのは、貴様ではなく私でなくてはならんのだ」
「思いっ切り私情じゃねーか！」
「愛だ。クソバカ」
「愛とか言いたいなら、女の前でクソクソ言うなよ……」
「じゃかあしい。言い直せばいいんだろう、このウンコバカ！」

丁寧なのか？
「よーするに、おまえとは一〇〇年話しても埒《らち》が明かないってことだな！」
「そういうことだ！」
ジャスティが発法した。
穿《うが》たれたのは地面だ。地面を撃《う》ったのだ。
アリスが転んだことで、アークとは数メートルの距離ができていた。そのちょうど中間点に呪文《じゅもん》が叩《たた》きこまれ、大地がケーキカットのようにぱくりと割れる。
それはミスではないことを彼の笑みが告げていた。
「フフ、呪紋がある限り手出しできないとでも思っていたか？　うかつだったな。それだけ離れていれば、近づいて呪紋を描くこともできまい」
ジャスティはニヤリと口の端を歪めながら撃鉄《げきてつ》を引く。次の魔法《まほう》が装塡《ロード》された。
あとは、引き金を絞るだけだ。
「貴様との勝負は全戦全敗だったが、最後の一勝は私のものだったな！」
「アリス悪りぃ、もう限界だ」
アークは振り向いて苦笑すると、
勝てそうもないぜ――、とつぶやいた。
ジャスティの笑みが勝利の確信へと変わる。

「──これを使う以外にはな！」
叫びながらアークは腰にひっかけておいた、もう一つの魔王兵器《フォービイドン》に手をかけた。
銃のグリップにトリガーがついているだけのように見えるそれは、親指のポジションにちょうどボタンがついていた。
真っ赤なボタン──鮮血《せんけつ》で染めたような毒々しい赤のボタン。
その赤をアークは押したのだ。
するとだ。
その場にいた、アークをのぞいた全員の頭上に、ぽんぽんぽんっ、と次々に数字が飛び出し始めたのだ。
「な、なんだこれは!?」
ジャスティは頭上に浮かんだ『2』という数字を見て叫んだ。
「自爆《じばく》装置って知ってるか？」
「ダメよアーク！　自殺なんて」
頭に『1』の数字を浮かべたアリスが叫んだ。
「ばーか。誰《だれ》が俺《おれ》が死ぬって言ったよ」
「でも、自爆装置って……」
するとアークはニタニタと笑みを浮かべ、冷酷に宣告した。

「死ぬのは俺じゃねえよ。おまえらだよ」
「なに～ッ!?」
「ここで問題です。自爆装置は自分を爆破する装置。では《他爆装置》と言えば……？」
「他人を爆破する装置っ!?」
「ぴんぽーん」
アークの意地悪に能天気な声をよそに、頭に数字を浮かべた者たちは戦慄《せんりつ》を走らせた。
「あ、あ、あたしの頭にも数字出てるよ、アークっ！」
自分の頭上にも数字が浮かんでいるのに気づいたアリスは、指をさして必死でアピールした。
「安心しろ。コイツは運が悪いヤツから吹っ飛ぶようにできている」
「あたしも死ぬかもしれないってコトじゃないの――ッ！」
無視して。
「そーれ、タンブリング・ダーイス！」
しゅぽん、と空中にサイコロが出現する。
数十面体はあるそれ――おそらくは人数分の面があるサイコロが、くるくると回りだした。
「その前に貴様が死ね！」
と、ジャスティは引き金を絞ろうとして、驚愕《きょうがく》する。
「……か、身体《からだ》が動かんッ！」

「ケケケケ、ダイスの回っている間は、てめえらは動けねーんだよ!」
まったく、本当の悪魔《あくま》は誰《だれ》なのか……。
ダイスが止まった。
「二七」
どおーん、と離れたところで地面が爆発《ばくはつ》して、数人の男が吹き飛んだ。
「どーだ、これが恐怖の魔王兵器《フォービドゥン》、ニーズホッグの威力だ!」
良心の呵責《かしゃく》など燃えないゴミの日に捨ててきたかのような清々《すがすが》しい顔で、アークが叫んだ。
「いまのは身体《からだ》がバラバラにならないレベルに抑えてやったけど、その気になれば町の一つや二つ簡単に吹っ飛ばせるんだからな! さっさと武器を捨ててどきやがれ!」
「ひーっ!」
男たちはみるみる間に両手を上げて降伏した。
「ぐぬーッ!」
憤懣《ふんまん》やるかたない顔をしながら、銃をおろすジャスティ。
「よろしいよろしい」
アークは満足げにうなずき、いまのうちに逃げてしまおう、とアリスをうながす。
つかつかとアリスは近づいて、どげしっ、とパンチを一発喰《く》らわせるのだった。
「あたしに命中してもよかったのっ……!?」

「あ」
と、アークの手からニーズホッグがこぼれて転がった。
それは乾いた土の上を二度三度と跳ねて、踏んづけられて止まる。
ジャスティの足に。
「くっく……形勢逆てーん！」
愉快で狂ってしまいそうな顔で、ジャスティはふたたび銃を構えた。
「貴様の『しまった』という顔を見られて、私はいま、最高に気持ちがいい！」
「アーク、ごめん……」
「じゃ、お詫《わ》びな」
「え？」
ジャスティが撃《う》つが速いか、アークが脱がすのが速いか。
ジャスティは引き金に、アークはアリスのシャツに。
ほぼ同時に手をかけた二人は、抜く手も見せずに発法と脱衣を完了した。
だがアークはその上で魔法陣を描かなければならない。そんな時間はない。
アークは《聖なる筆《マジック》》で一番簡単な呪紋《じゅもん》をアリスの胸にスタンプした。
『、』である。
瞬時《しゅんじ》に重力逆転、二人は、ぽーんっと宙に投げ出された。

コンマ一秒遅れて魔法《まほう》が着弾。炎は地面に吸いこまれて消えた。
いっぽう空中の二人は、ひゅるるる、と弧を描くように落下して、ジャスティの顔面に着地した。
気絶！
と、一人始末したものの、周囲には雲霞《うんか》のごとく敵がひしめいていることに変わりはなかった。
「こうなったら呪紋《じゅもん》を連発して脱出するしかないな、アリス！」
「イヤっ！」
きっぱりとアリスはそっぽを向いた。
「イヤって、《刻印》を使わずにどうやって脱出するつもりなんだよ……？」
「だって、そのたびにアークに見られるんでしょ？」
「当たり前だろ」
「他《ほか》の誰《だれ》に見られるのもいやだけど、アークに見られるのだけは絶対にイヤっ！」
「いまさら俺《おれ》差別かよ！」
「だって恥ずかしいんだもんっ！」
「魔王を倒すって誓いはどこに飛んでったんだよ！」
「とにかくイヤったらイヤなのっ！」

アリスは耳の先まで真っ赤にしながら、アークを思いっ切り睨《にら》みあげた。
乙女心など解するわけもないアークは、面倒な奴《やつ》め、と露骨《ろこつ》に顔をしかめる。
すると、ピンとひらめいたようで、アークは突然にまーっとだらしのない顔をするのだった。
「あのさあアリス」
「なによ」
「もう一度見てみたいモノってないか？」
「はぁ？」
「あれはすごかったなー」
「あれって？」
アークはうっとりと幸せそうな目をしてつぶやいた。
「さっき呪紋を描こうと筆を押しつけたとき、アリスの胸がすごい弾力でぼよんとたわんでさあ」
「忘れて――――ッ！」
アリスは沸騰《ふっとう》するすべての感情をこめて、アークを蹴《け》り飛ばした。
「お、アイツら、離ればなれになったぞ！」
「いまだ、やっちまえ！」
男どもがアリスに殺到する。

「きゃーっ！」
アリスの悲鳴は押し寄せる人間の波に飲みこまれて消えた。
それを見ながら、
「……ったく、減るもんじゃあるまいし。ちっとは痛い目にあえってーの」
かなりの距離をブッ飛ばされたアークはよろよろと立ちあがった。
「時間稼《かせ》ぎになる」
アークが手をついた石は自然石を大地に突き立てた遺跡《いせき》だった。
彼がいるのは広場の南側にあるストーンサークルだった。二メートルほどの石柱が数メートルの間隔を置いて円状に一二個配置され、その中央にひときわ巨大な石柱が建っている。
アークはその巨大な石の碑文を読んだ。
フェザーリーブスが開拓される遥《はる》か昔、別の民族が住んでいた頃《ころ》の時代の碑文だ。
アークにはその文字が読めた。地球に落ちた月の女王を封印した、とある。
「月か……」
そう言って、天を仰いだ。
日はわずかに傾き、月はまだ空に溶けるように薄《うす》く浮かんでいた。
「……ま、見えてりゃ充分だろ」
アークは石に刻まれた紋章に指を当てると、大賢《エスタブリッシュメント》者クラスでなければ知ることもない

公式で模様をいくつかのパターンに分解し、逆の順番でなぞり始めた。
すなわち解呪《かいじゅ》の儀式《ぎしき》である。
（──おのれはわらわが誰《だれ》であるか知った上で封印を解こうとする者か……？）
指を伝わって、頭の中に女の声が聞こえてきた。
「余計な御託はいい。俺《おれ》の名において封印を解くから、さっさと出てきやがれ！」
（後悔しても知らぬぞ）
文字通り神経がしびれるような女王の叫びが脳でスパークした。
瞬間《しゅんかん》、目の前の石柱が卵の殻《から》のようにひび割れると、栓《せん》が抜けた地中から、水柱のようなものが天に向かって噴《ふ》きだしたのだ。
無論、温泉などではない。
恐ろしく長い首。
いや、蛇《へび》だ。
人の背丈ほどはある太さの蛇が、数百メートルはあろう尾を縦横無尽《じゅうおうむじん》にくねらせながら、ホーッホホホホホホホと、ひとしきり嬌声《きょうせい》をあげたのだ。
「我はカグヤ、白き月の女王──」
空をむさぼるようにのたうつ白い蛇《へび》の出現に、自警団《じけいだん》の男たちは凍りついたように目を奪われた。何人もの男どもに組み敷《し》かれていたアリスも、美しい白銀の鱗《うろこ》を見た。

「愚かな人間め。封印を解いたところで、おのれの自由になど決してならぬぞ。むしろ、わらわを永きの間閉じこめた恨み、貴様らを全員殺すことで晴らしてくれるわ！」
と、空の高みから叫ぶ彼女をアークは見あげた。
「思う存分やってくれよ。でなくちゃアンタを自由にした意味がない」
「なんだと？　あの小娘は仲間なのだろう？」
カグヤは値踏みをするような目で、アークを見た。
するとアークは、タクシーの運転手に頼むような気軽さで。
「かまわないから、やってくれ」と、告げた。
「フフ……面白い男だ」
カグヤは軽く喉《のど》を鳴らすと、アークをすくいあげるように頭の上にのせ、空高く浮遊した。
広大なフェザーリーブスの全景が眼下に広がる。
産着《うぶぎ》のような山々に囲まれ、水と緑に優しく抱かれた穏《おだ》やかな大地。
古来、城を築《きず》き、その高みから地上を見おろすことが王の特権であるとすれば、いまアークが目《ま》の当たりにしている光景は、まさしく王の視座と言えた。
そして、地上の人々はまるで裁きを待つ罪人のようにそれを見あげていた。
大地をなめつくすほどの巨大な蛇である。ジャスティもがっくりと銃をおろした。
その蛇の頭上で、天空の玉座に立ったアークは、湧《わ》きあがる感情を一気に爆発《ばくはつ》させた。

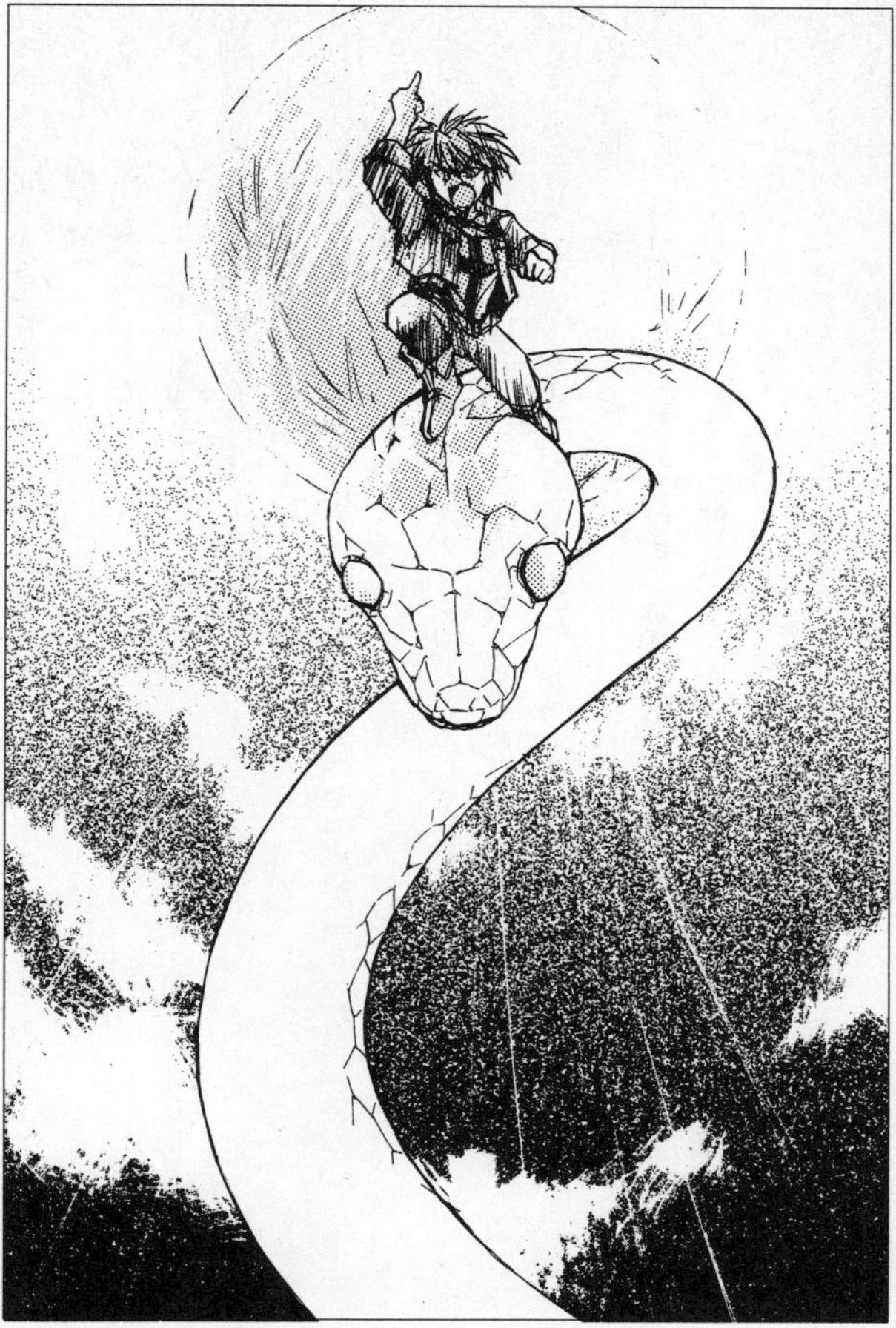

「てめえら、よくもさんざん俺《おれ》をコケにしやがって！　お礼参りは一〇〇倍返しだってわかってんだろーなッ！」
「あ、あいつは本気だ～ッ！」
アークの人となりをよく知るフェザーリーブスの男たちは、次々と武器を捨てて逃げ出した。
「やめなさいってば、アークっ！」
「ここはひとまず戦略的後退を……」
と、背を向けて逃げ出したジャスティの前方を、カグヤの尾がふさいだ。
「貴様は逃がさねえ」
腕を組んだアークが、傲然《ごうぜん》とジャスティを睨《にら》みおろしていた。
カグヤの鱗《うろこ》が、ぱちぱちと不気味な放電現象を始めだしていた。
「ちょ……ちょっとアーク！　あたし、あたしがいるのよ！」
両手を振ってアリスがアピールする。
ジャスティはいまさら、両手を合わせて助けを乞うた。
「ま、待ってくれ！　私とおまえの仲じゃないか！　これまでの因縁《いんねん》は水に流して、許し合おうじゃないか！　な！　な！」
「殺すだの、くたばれだのって、これまでさんざん人の命を狙《ねら》っといて、いまさら調子のいいコトぬかしてんじゃねええええええええええええええええ――――ッ！」

かくしてこの日。フェザーリーブスという町は地上から消滅した。
アリスたちが魔王《まおう》の手先だというのは濡《ぬ》れ衣だとしても、この町を破壊《はかい》したのは、まぎれもなく彼らなのであった。

3

第3話

「伝説だったらよかった勇者」

八月一〇日

魔王《まおう》になってしまった。

正しくは、魔王を倒すために魔王の力を身につけた勇者（と、自分で言ってみる）なはずだったんだけど、肝心な部分はいつの間にか省略されていて、魔王はあたしということで、街のみんなに追いかけ回されるはめになってしまった。

まあ、それはいい。それは我慢しよう。汚名はいつか晴れると信じているから。

でもだ。胸に落書きをされなくちゃ魔力が使えないって仕組みは……、

誰《だれ》が考えたんだ〜ッ！

殺す！　少なくとも一〇〇回は殺す！　七度転生してきても八回地獄に叩《たた》き落としてやる！

ううう……なんか心まで魔王になったみたいで、やだな。

わがままかもしれないけれど、女の子に服を脱がせて胸に落書きをさせないと救えない世界というのはあたしは間違ってると思う。いっそ滅んでしまえ。

じゃなくて！

ああ、この一日であたしはずいぶん荒《すさ》んだ気がする。

お父さんは勝手に豊胸手術をするし、出てきた魔王は脱がしたがりで触りたがりの変態だし、

アークは仕方ないと言いながら、あたしの胸に落書きすることを楽しんでいる気がするし……。

男の人ってそんなにおっぱいが好きなの⁉

いや、正確には胸ではなくて、あたしの心臓と融合《ゆうごう》している《魔王の心臓》という魔王兵器《フォービドン》のせいで胸がふくらんだり、見られたり、落書きされたりしているんだけれど、それはわかっているつもりなんだけど、ペッタンだったときには誰も見向きもしなかったくせに、大きくなった途端に、胸、胸、胸、胸、胸、胸、とじろじろ胸ばかり注目されるようになってしまうと、ばっかじゃないのアンタたち⁉　と、男の人のアタマがどうにも悪いものに見えて嫌《いや》な気分になる。前に男の人はそれが普通なんだとジョオは言ってたけど、やっぱりそれは嫌だなぁ。

剣と魔法で血みどろになって戦えと言いたいわけじゃないんだけれど……。

やっぱり世界の運命をかけるにはそれ相応のカッコイイ戦い方があると思う。万が一にもおっぱいで世界を救ったりしてしまったら、あたしはもう外を歩けない。

あと、それに。

助けてくれてるのか窮地《きゅうち》に追いこんでくれてるのか、さっぱりわからないアイツのこと。

あたしのためにやってくれているのかな？

まあ、してることは迷惑なバカばかりなんだけど、だとしたら、嬉《うれ》しいな。

あたしがいま一番知りたいコトは、たぶん《魔王の心臓》を安全に抜き取る方法よりも……。

「なー、いいかげん気を直せよー」
アークはさっきから一〇回は言っているセリフをまた言った。
ちなみに服はフェザーリーブス脱出のどさくさまぎれに巻きあげたものを着こんでいた。
真夏の森は心地のよい草の匂《にお》いで満ちている。
陽《ひ》の光が青々と繁《しげ》った葉に何重も濾過《ろか》されて、彼らの上に柔らかくさしこんでいた。
その中をアークたちを乗せた白銀の大蛇《だいじゃ》がするすると進む。頭をちょこんと土から出すと、人が二人ほど腰掛けられるほどの首を残して、残りの数百メートルを地中に沈めて。
不思議なことに、カグヤは土の中を水のように泳ぐことができた。月の魔力《まりょく》とやらで彼女の触れている間だけ土が液体のようになって、すいすいと気持ちよさげに進むことができるのだ。
そうそう。気持ちがいいといえば町は壊滅《かいめつ》した（どういう意味だ？）。
彼女は数百年も埋められていたことで、たまりにたまったストレスと魔力を一気に発散したのだが、数百年前といういまの住民たちの入植が始まる前の話で、アリスたちの先祖は別のところに住んでいた時代のことである。仮に罪が遺伝《いでん》するものだとしても、彼らにはまったく関係のない話だ。見も知らぬ連中に封印された怒りとか、自分が重くて月に戻れない怒りとかをぶつけられても、フェザーリーブスの住民はほとほと困ってしまうのだが『同じ人間だろう』という人種差別撤廃《てっぱい》的かつアバウトな理由で、町はきれいさっぱりと消されてしまったのだ。
特に自分を閉じこめていたストーンサークルには、何百メートルもある尻尾《しっぽ》を何度も何度も

叩《たた》きつけて、砂になるまで打ち砕いてくれた。その余震《よしん》で他《ほか》の建物《たてもの》も面白いように壊《こわ》れた。
おかげで月のお姫さまはとても上機嫌《きげん》で、今は鼻歌などを唄《うた》いながら森を泳いでいるわけだ。
かたや、その首に乗っかっているアリスの顔はとても不機嫌で。
「なー、いいかげん気を直せよ～」
つーん、と横を向いたまま、答えない。
アークが肩に手を置いても、ぺしっと払いのけ。
「触らないでよ」
「あー、しゃべったしゃべった！」
「ばっかじゃないの、子供みたい」
と、口を尖《とが》らせる。
「何度も言ってるだろー。絶対幸運《クリティカルラック》の能力を試してみたくなったって」
「好奇心で人を殺さないで！」
ある者は人間は三つの要素で構成されているという。素質と実力、そして運だ。
運とは可能性である。可能性とは無限に存在する未来の広がりだ。しかし人は時間に対して後ろ向きに歩いてゆかねばならないので、人の目は現在と過去しか見ることができないのだ。
幸運とは、可能性の偏りに他ならない。
もし、背中に目がついていて、未来を見ることができたらどうだろうか？

都合のいい可能性だけを選ぶことができたら？
アリスの胸に埋めこまれた魔王兵器《フォービドン》《魔王《まおう》の心臓》は、世界を操作する絶対運命《ワールドマスタリング》の他《ほか》に、運命を操作する絶対幸運《クリティカルラック》という能力を持っていた。
アークの言うところの『二六のひみつ能力』というヤツだ。
とはいっても、運命を操るなんてことをやったらマジで時空が壊《こわ》れる。
控えめに……、そう、持ち主の命が危険にさらされるような不運が襲《おそ》ってきたときにだけ発動し、その不運を一時的に制限する。たとえば、サイコロの出た目で人が爆発《ばくはつ》しちゃうとか、すぐそばで巨大蛇《へび》が暴れてるとか、そーゆー理不尽《りふじん》な事態が起こったときとかに。
一時的、というのは、堰《せ》き止めた水をためっぱなしにしておけば、ダムは決壊《けっかい》してしまうということだ。洪水ほどの大水を、川が氾濫《はんらん》しない程度の水量にして放水する。
ミもフタもない言い方をすれば、絶対死ぬような事態に遭遇しても死ぬことはないが、死なない程度の不幸にじわじわと分割払いされてしまうということなのである。
あっさり死んじゃうのと、死ぬほどの苦しみをダラダラと味わわされるのとどっちがマシか、という嫌《いや》な問いかけにも近いのだが、事実、アリスは《心臓》を埋めこまれてからというもの、不幸の連続である。
「《心臓》がレベルアップしたんだから少しは喜べよ」
「どーしてあたしが喜べるのよ!?」

アリスは思い切り目くじらを立てながらも、
「まったくもー。死ぬかもしれなかったのよ。絶対に成功する確証あったんでしょうね～」
笑って済ましてあげようとしたのだった。
「確実に成功するってわかってたら、そもそも実験したりはしないと思うが……」
ぷちん、となにかが切れる音がした。少なくともアリスの耳にはその音が聞こえた。
アリスはできる限りの笑顔を浮かべて、彼に告げるのだった。
「お礼返しは一〇〇倍がアンタの相場だったわよねぇ」

ブレイクウッズの村にさしかかる頃《ころ》には、世界は薄暮《はくぼ》の光景になろうとしていた。
まるでオレンジ色のレンズを通して見ているような。
もっともアークの目に世界が燃えて映るのは、流血のせいであったかもしれぬが……。
樹木《じゅもく》の彼方《かなた》から立ちのぼる炊《かし》ぎの煙を見て、アリスは村に立ち寄ることを提案した。
カグヤのおかげで山道をかなりの速さで移動することができたので、今日中には警察《けいさつ》も追いつけないだろうという判断があった。それに、
「買わなくちゃいけないものができたしね……傷薬とか」
アリスの背後で、アークは死体のように伸びていた。
「カグヤ、ここで降ろして」

「そうか。ではわらわも目立たぬように人の姿になるとしよう」
「できるの？」
「造作もない」
「へぇ」
と、アリスが感心すると、出し抜けに蛇《へび》の頭がぱっくりと二つに割れ、その中から、よっ、と服を着た女の人が出てきたのだ。
すると、抜け殻《がら》となった蛇の身体《からだ》はふにゃふにゃになって地面に沈んでいった。
「あ……あ……あうあう」
目を丸くしたアリスが口をぱくぱくさせてると、その女は呆《あき》れた顔で、
「なんだおまえ、脱皮も知らぬのか」
「脱皮っ!?」
「蛇は脱皮をするのだぞ」
「いや、それは知ってたけど……」
「人間にはできぬであろう。ふふん、どうだうらやましいか？」
「そ、そうね……」
無邪気に胸を張るカグヤに、どう本音を伝えればいいもんだか、アリスは返答に困った。
人の姿をしたカグヤは、腰まで伸びた黒髪がとても美しい、大人の女性であった。

身に着けている服はアリスたちの国ではかなり異彩を放つデザインをしている。アリスは見たこともないが、お正月の神社で会える巫女《みこ》さんのような格好である。布の左右をボタンではなく帯で締《し》めるようになっているのが、アリスの目には新しかった。つまりそれは人の姿になったところで、この地域では充分目立つ格好だということなのだが、それを指摘すると、また脱皮をされてしまいそうなので、アリスはなにも言わずにおくことにした。

本音を隠した数だけ、少女は大人になってゆくものだ。

そんなカグヤの背は高い。ちょうど胸のあたりにアリスの顔が来てしまう。

それがまた、かなり自己主張の強い胸をしているのだ。

アリスの顔がまるごと一房になっているぐらいの大きさがあり、おぼれてしまいそう、という形容がぴったりである。とはいえ、スタイルが崩れてしまうほど異常にでかいというわけではない。身体の大きさが大きさなので、間近で見てしまうと引力すら発していそうな重量感があるのだった。

女の身のアリスですら、つい、引きずりこまれてしまいたくなる誘惑にかられる。

ましてや男なら……。

マズイ、とアリスはアークを見た。

「アーク行こ。歩けるわよね」

と、アリスはさっさと歩きだした。

近づけたくないのなら手を引けばいいのに、そうしないのは試したい気持ちもあるからだ。
少し歩いて、振り返る。
いっぽうカグヤはアークを気遣って、とてとて、と駆け寄ると、
「無理をしてはいかん。わらわが肩を貸そう」
と、腕を取り首に回してアークを抱えあげていた。
ふにょんと胸がたわむ。
クッションのようにアークの顔を受け止めて、カグヤの胸の形がなまめかしく崩れた。
うっ、とアリスの表情に険しいものが走った。
かたやアークは嫌《いや》がりもせず、いやむしろ状況を楽しむままに、
「さんきゅー」などと言うものだから、アリスのかわいい顔はひきつって、
「やーねえ。肩を貸してもらってるのになに喜んでるのよ。男のくせに、みっともない」
と、ぶーたれた顔になっていた。
「……アリス、なに怒ってんだ?」
「別にぃ」
と、そっぽを向くアリスを見て、カグヤがはは～んと察しをつけた。
「これぐらいのこと、別になんでもなかろう」
笑みを浮かべると、わざと自分の胸にアークを引き寄せた。

「うわ♥」
「あ〜っ！」
アリスの人差し指が、ふふんとすましているカグヤと、ぎゅっと押しつけられた胸に目を釘《くぎ》づけにしているアークを行き来する。
アリスの子供じみた驚《おどろ》きように、カグヤはふふ、と笑い、
「な、なななな、なにバカなこと言ってんのよ！」
「アリス殿は子供よの。この程度のことで妬《や》いておる」
「替わってもよいのだぞ、アリス殿」
「おお〜っ」と、アークが喜ぶ。
「けっこーです！」
目を鬼のように吊《つ》りあげたアリスは、くるりと背を向け。
（もーっ、男はみんな異星人よ！　おっぱいのことしか頭にない。おっぱい星からやってきたおっぱい星人なのよ！）
と、大地をのしのし踏みならしながら、一人先を行くのだった。
昔々その昔、魔王界《ダークスフィア》とこの世界が一つだった頃《ころ》のことです。

地上で大きな戦争が起こりました。
魔王《まおう》たちが地上を我がものにせんと動き出したのです。
あらゆる魔法を従えた魔王たちの前に、人間たちはなすすべもなく死んでゆきました。
人間の王は、その王冠を魔王たちに明け渡すことを決意しました。
すると魔王は、降伏の証《あかし》に王の一人娘を要求しました。
その姫は、名もない一人の青年と恋に落ちていました。
青年は旅立ち、旅の果てに一振りの剣を手に入れます。
その刀身に魔王の一人が封印された、魔王剣です。
青年はその剣を手に、魔王たちを討ち果たし、世界を二つに分け、彼らをもう一つの世界に追放しました。
姫を取り戻した青年は、末永く幸せに暮らしました。
勇者と呼ばれて――。

「勇者か……。あたしも助けに来てくれないかなぁ……」
村の本屋で立ち読みをしていた絵本を閉じて、アリスはしみじみとため息をついた。
「おーい、アリス～。買い物済んだぞー」
トウモロコシをぱくつきながら、のどかな春のように能天気な声をあげるアークを見て、ア

リスはますます暗い気分になった。
「もー、こんなときに、よくもノンキに買い食いなんかしてられるわねえ。今後のことを話し合わないといけないから、さっさと戻ってきてって言ったでしょ」
「アリスのぶんも買ってきた」
ほい、とアークは紙袋から取って渡した。
「あ、ありがと」
醤油《しょうゆ》がのったトウモロコシがいやに美味《おい》しい。
ついつい、三本も食べてしまう。
おなかがいっぱいになる頃《ころ》には、アリスはすっかり笑顔になっていた。
「で、アリス、なに話すんだって？」
「え、そんなこと言ったっけ？　あたし」
けろりとした顔で、言う。
元気がなかったのは、落ちこんでいたのではなくて、単におなかが空いていただけなのかもしれない……。
食べ物につられて、自分もすっかり本題を忘れていたことに気づき、アリスはいくぶん顔を赤らめながら、咳払《せきばら》いをした。
「このまま警察《けいさつ》から逃げていても埒《らち》が明かないでしょ。これからの計画を立てようと思うのよ。

ほら、魔王《まおう》が自分の居場所を言ったじゃない――なんだっけ？」
「エルナ・デッセトリア。空中庭園の一つだな」
空中庭園とは、文字通り空にある庭園である。大昔の人間が浮かべたものだ。《聖典《バイブル》》によると、人間を他《ほか》の星まで飛ばしてみたり、どーでもいいことにエネルギーを注いでいたと言われている時代の産物だ。
「そこに行こうと思うの」
「やっぱりルークの仲間になるのか」
「違うわよ！」
倒すのよ、とアリスは指を立てながら言った。
「無理だな」
アークは即答した。
「可能性はゼロじゃないって言ったじゃないの！」
ムッとするアリスの額《ひたい》を、人差し指でツンツン突くと、
「あーのーなー。それはおまえの《刻印》を使えばの話だろ。フェザーリーブスを脱出するにもあれほど駄々《だだ》こねて手間取ったくせに、どうやってルークと戦うっていうんだよ！　それともなにか？　ルークの前でなら、おっぱいをぺろんと見せられるとでもゆーのか？」
「もーっ、バカ！」

「だって、そうする以外にないじゃない。このまま犯罪者として逃亡生活を続けるの？　それで生き延びられたとしても、魔王が復活したらどうせおしまいなのよ」
「いまの状況じゃ、下手《へた》に先生と再会してもハレンチ合戦が再開されるだけだしな」
「そうそう。魔王を倒さない限り、あたしに平穏《へいおん》な日々は訪れないのよ！」
「結局は個人的理由か……」
「もともとはアンタが呼び出したんじゃない！」
「だけど、どうやってルークを倒すつもりなんだよ」
「魔王兵器《フォービドン》なら他にもあるじゃない」
「魔王相手ともなると、ニーズホッグあたりじゃ通用しないかもな〜」
「他にもあるでしょ。《魔王剣》とか。何代目かの勇者の末裔《まつえい》がいまでもいるそうじゃない。力を貸してもらうのよ」
やれやれ、と今度はアークが肩をすくめて。
「……立派なことを言うかと思ったら、他力本願か」
「人を裸にひんむくことしか考えてないアンタに言われたくないわよ！」
「捜すだけ遠回りな気がするけどな〜」
「いいでしょ、あたしは普通の女の子でいたいの！」

するとアークは後ろ頭で手を組んで、
「いまさら普通の女の子に戻れたところで、これまでの犯罪が帳消しになるとは思えんが……」
「誰《だれ》のせいよ、誰の!!」
「つまりアリス殿は、警察《けいさつ》に追われぬ身になりたいのであろう？」
さも名案があります、といった顔でカグヤが首を突っこんできた。
「そうよ」
「ならば魔王《まおう》を倒さずとも、この世を滅ぼせばよいではないか。警察がなくなれば追われることもなくなるし、魔王もすることがなくなって一石二鳥だぞ」
「お、カグヤ。いいじゃん、その意見」
「どこが！」
アンタたち、頭おかしいんじゃないの!?　とアリスだけが目くじらを立てる。
「世界中がフェザーリーブスみたいになってもいいっていうの!?」
カグヤはあっさりと。
「面白いではないか」
「アンタたちは魔王の手先なの……？」
どっと疲れたのか、アリスは額《ひたい》に手をやった。

「てゆーかさア、世間の大人たちは俺《おれ》たちのことをルークの一味だって勝手にレッテルをはりやがったんだからさア。そのとーりに生きてやろうじゃねーかってーの。これもいわゆるリベンジってやつ？　世の中への復讐《ふくしゅう》？　一七歳の反逆？」
「……なにいきなり不良ぶってんのよ。しかも言ってることわけわかんないし」
と・に・か・く、とアリスは腰に手を当てて宣言した。
「魔王は勇者に倒してもらうのが物語的にいって正しいの！　わかったわね、いーい？」
「二人の意見に二人が従うのは、民主主義的に間違ってると思うぞ」
「……アリス殿は他人のことをとやかく責めるくせに横暴だな」
「じゃかぁしぃ！」
一方的に議論を打ち切った。世界を守るためには言論を封じるしかなかった。
「さぁ、勇者と剣を探す旅に行くわよ！」
と、歩きだした途端、
『伝説の勇者の剣《魔王剣》爆安《ばくやす》！』
という張り紙に出くわし、アリスは盛大にずっこけた。
見ると質屋であった。
店先に質流れで勇者の剣が置いてある。
アークはさっそく店に入り、

「おじさん、この剣買いたいんだけど」
「おっ、まいど」
と、剣を持って、にこにこと出てくるのだった。
「買うな〜ッ！」
「よかったなアリス。《魔王剣《まおう》》が手に入ったぞ」
「ニセモノに決まってるでしょーが！」
アークはさっそく手に入れた剣を抜き、
「うーん。無意味に剣を重たくしているこの赤錆《あかさび》、刃こぼれしてる刀身。年代モノだねえ〜」
などと感動してみせる。どう見てもアリスをおちょくってるとしか思えなかった。
「ああ、お金がもったいない……」
と、かなり軽くなった財布を見てアリスが嘆いていると。
「姉ちゃん、どいてんか！」
と、突き飛ばされた。
尻《しり》もちをつく。ふんだりけったりだ。
「もーっ、前をよく見て歩きなさいよ！」
「へっへー、人前でアホ面下げて財布なんかぶら下げてんのが悪いんやで！」
見るからにはしっこそうな少年は、くるりと振り向くと、ベー、と舌を出した。

彼の手にはさっきまでアリスの手にあったものが握られていた。そしてアリスの手には握られているはずのものがなかった。

つまり、

「泥棒《どろぼう》！」

「へへーん、追いつけるもんなら追いついてみぃ！」

「ほほう、じゃあ、俺《おれ》たちから盗んだ金をさっそく返してもらおうか」

「げっ！」

振り向くと、かっきり逆三角形の筋肉をつけた農夫たちが、少年を取り囲んでいた。

少年はすかさず腰のナイフを抜き、

「取れるもんなら取ってみぃ。命と引き替えでかまわんかったらなア！」

裂帛《れっぱく》の気合いとともに、銀の閃光《せんこう》を突き出した。

しかし屈強な男に手首をえい、とひねられると、そのまま関節を極《き》められ、少年は地面に叩《たた》き伏せられてしまうのだった。

「い～の～ち～ば～か～り～は～オ～タ～ス～ケ～を～」

情けない悲鳴があがる。

「よ、弱すぎ……」

怒る気も失《う》せるような一瞬《いっしゅん》の出来事であった。

呆然《ぼうぜん》とアリスがしていると、農夫の一人が財布を返してくれた。
「お嬢《じょう》ちゃん悪かったな。コイツは村でも札つきのワルなんだ」
少年は縛《しば》りあげられると、木に吊《つ》るされた。
「アホーっ、ワイは勇者なんや！　こないな扱いしてタダで済むと思うなよ！」
「勇者？」
耳を疑ったアリスは農夫に尋ねた。
「ああ、二四八代目とか言ってたなあ。一カ月ほど前にウォルトのヤツが村に連れてきてな。借金のカタで、しばらくタダ働きさせることになったとか言っててな。コイツはボロボロの剣を振り回しては自分は勇者だとかぬかすくせに手グセが悪くて、三日に一度は人サマのモノに手を出しては縛りあげられてるんだ。自分の剣を質屋に流しといて勇者とはよく言ったもんだぜ」
がははは、と農夫は笑った。
「ほーう、これが勇者の末裔《まつえい》か……。見つかってよかったな、アリス」
わははは、とアークも笑った。
「うーっ、うーっ、うーっ！」
バカにされても、悔しくても、唸《うな》るしかないアリスであった。
質屋で手に入れた伝説の剣は、流線型をした両刃の長剣だった。そして、黒い。

柄《つか》には美しく細密な意匠が施されていて《魔王剣《まおうけん》》ではないにしろ、それなりの価値のある剣であることは見てとれた。

錆《さ》びてさえいなければ。

「持ってかれるとほんま困るんや。じっちゃんからもろうた形見なんや」

と、吊るされた少年はいまさらしょんぼりと言った。先ほどまでの威勢のよさはどこへやら、眉《まゆ》を寄せて頼りのない顔をする。じたばたするたびに杉のように細い身体《からだ》が揺れて、そのみっともない姿はイタズラ好きな子供に対するお仕置きのようであった。

「……質に入れといてよくゆーわ」

アリスは目を半分にして少年を睨《にら》みあげる。

「そんな剣、誰《だれ》も買わへんと思うたんや！　質屋から金を貸してもろうたら、借金を返せるやないか。ウォルトが肩代わりしてくれた借金を早く返したかったんや！」

へえ、殊勝なところもあるんだ、とアリスは感心した。

「で、新しく借金して、剣を取り戻す算段をどうつけるつもりだったの？」

「そりゃ、村を出るときにこっそり盗んでったろうと」

「……ダメだこりゃ」

おじさん、借金はあきらめて警察《けいさつ》に突き出したほうがいいわよ、とアリスは言った。

「ああ、真に受けてるヤツぁいないが、勇者の名を騙《かた》るってだけで重罪なんだ。明日になった

ら麓《ふもと》のローズタウンまで行って警察《けいさつ》官に来てもらうことにするよ」
「勇者ってのはホンマやって言うてるやろ！　他《ほか》のは全部ウソでも！」
誰《だれ》も聞いていない。
農夫たちも去り、アリスたちも、
「じゃ、改めて、あたしたちは勇者と剣探しの旅に出ましょ」
「姉ちゃん、勇者捜してんのか！　仲間になったるで、ここからおろしてんか！」
あー、はいはい。と背を向けたまま手をひらひらさせて、アリスは軽くあしらった。
「ワイも連れてってんか～。《魔王剣《まおう》》は勇者のモンなんやで！」
「じゃ、なおさらアンタのモンじゃないでしょ」
冷たく一瞥《いちべつ》をくれると、アークに、
「そんな使いにくい錆《さ》びた剣、置いてってあげたら？」
「いや、けっこうオレは気に入ってるぜ、この剣」
「あいかわらず変な趣味《しゅみ》してるわね……。と、ゆーことだから、勇者君は新しい剣を見つけなさいよ。じゃあね」
「あ、おい！　剣置いてけや、呪《のろ》うぞアホーっ！」
と、アリスたちも去り、一人暴れる少年の姿は、暮れなずむ夕暮れの中、時計の振り子のようにぶらーんぶらーんと虚《むな》しく揺れるのだった。

しかし、アリスはアリスで目の前で門が閉じられて、虚しくなるのだった。
「すまんナア。このへんは獣《けもの》が出るから日が落ちると同時に門をおろすことにしとるんだよ」
「そこをなんとか……」
「村の掟《おきて》でな」
にべもなく断られて、う～、と顔をしかめるアリス。
「ローズタウンも夜になったら門をおろしておる。ここを出ても泊まることもできんだろ。無理をせんで一晩越しなさい」
今夜の門番をつとめる農夫は、白髪混じりの髪をなでながら自分の娘を諭《さと》すように言った。
アリスは、う～っ、と顔に未練を見せた。
なにしろ時限爆弾《ばくだん》を後ろに二人も背負っているのだ。万が一にも警察に追いつかれて一悶着《ひともんちゃく》が起きてしまえば、このブレイクウッズの村も灰燼《かいじん》に帰してしまう。
またいらぬ前科が増えてしまう……。
「でも、やっぱり外に……」
と、アリスがつぶやきかけた途端、チャリっと剣に手をかける音がして、アークがぼそりと言った。
「やむをえん、強行突破か」

「泊まります！」
と、アリスは農夫に告げた。
「勝てるのに……」
「わらわも加勢するぞ」
「そういう問題じゃないでしょ！」
農夫に聞こえないように、小声で怒鳴るアリス。
「門が落ちたんだから警察《けいさつ》も入ってこられないってことでしょ？　大丈夫よ、朝一番に出れば」
人差し指を立ててアリスが言う。すると、
ドンドンドン、と門の向こうから、拳《こぶし》の音と聞き慣れた声がして、彼女の顔色を変えた。
「警察だ！　すまんが門を上げてはくれないか！」
「ジャスティさん!!」
やれやれと農夫は頭をかいて。
「警察なら開けぬわけにはいくまい。お嬢《じょう》ちゃん、どうしても出たいのなら、ついでに……」
と振り向いたときには、アリスたちの姿は忽然《こつぜん》と消え去っていた。

「ど、どどど、どうしよう……」
とっさに小道に逃げこんだアリスは、壁《かべ》にぴったりと背中を押しつけながら、冷や汗をたら

たらと流していた。いっぽう隣《となり》の二人は戦意みなぎりまくりで。
「飛んで火に入る夏の虫ってところだな」
「わざわざ、わらわたちが泊まる村に一人でのこのこやってくるとは……愚かな」
「だめーっ」
と、アリスは人差し指を唇《くちびる》の前で立てながら、小声で怒った。
「ダメって……まだ、俺《おれ》たちなにをするとも言ってないんだが」
わかるわよ、とアリスは眉間《みけん》に皺《しわ》を寄せる。
「邪魔《じゃま》だから消すなんて、それじゃ魔王と一緒ですって認めてるようなもんじゃない」
「早かれ遅かれ、アイツとはモメるって」
「ここで始末しておけば、あとが楽だろう」
刑務所にブチこまれたところで、刑務所をブチ壊《こわ》せばいいと考えている二人である。無法地帯が歩いているようなものだった。
しかも、やたらと気が合う。
どちらかというとアリスがイライラしているのは後者の理由で、さっきからカグヤがアークにべったりなのがすごく目障りなのだった。
アリスは横目でカグヤを睨《にら》むと、口を尖《とが》らせた。
「だいたいアンタなんでついてきてるの？　自由になれたんだから、どこにだって行けばいい

じゃない。あたしたちについてきたってモメごとに巻きこまれるだけよ」
「それがよいのではないか」
暴れられるし、と、カグヤは楽しそうに言ってのける。
「暴れたかったら、あたしに迷惑をかけないところで暴れてよ。そうでなくても、あたしは面倒なの一人抱えてて大変なんだから！」
「ならば、わらわがアーク殿を引き取ろう」
ぐい、とアークを引き寄せる。
背中から腕を回してアークの胸を抱きしめたカグヤは、アークの頭にちょこんと顎《あご》をのせ、さも自分のものです、と言わんばかりの顔をして、にやにやとアリスをうかがった。
アリスはムッとなって、
「ちょっと、なんでそーゆうことになるのよ！」
「面倒なのだろう？」
「面倒だとは言ったけど、いらないとは言ってないわ」
「なんだそれは？　子供でももっと賢い言い逃れをするぞ」
「言い逃れじゃないもんっ」
「アリス殿は、アーク殿を取られるのがイヤなのだろう？」
「違いますっ！」

「じゃあ、わらわがアーク殿をもらってもかまわないのだな」
「ダメ～っ！」
言いながらも、自分の主張が支離滅裂だということがわかってきたのか、アリスは吊《つ》りあげた目の矛先を、抱きすくめられたままでいるアークに向けた。
「ちょっとアーク、なんで黙《だま》ってるのよ！」
「いや、だって……」
と、視線をそらすアークの反応に、ガ～ン、とショックを受けるアリス。
「……ア、アーク、もしかしてカグヤについていく気なの⁉」
「大声出したらアイツに見つかるって言うから、いちおう気を使っていたつもりなんだが……」
「え……」
ハッとして振り向く。
するとそこには、全身を炎のように震《ふる》わせるジャスティの姿があった。
「ついに見つけたぞ……アークゥウウウウ～ッ！」
「しまった……！」
「ったく、貴様には感謝《かんしゃ》するぜ」
とっさにアークは大きく踏みこんで、ジャスティのみぞおちに重い一撃《いちげき》を加えた。
「うおお……ッ」

「弱すぎて助かる」
ジャスティは意識を失い、崩れた。
アークは路地に飛び出し、ジャスティが部下を連れてきていないことを確かめると、先ほどの農夫に告げた。
「おじさん、警官《けいかん》さんが目をむいて倒れました」
嘘《うそ》はついてなかった。

そんなこんなで日は落ちて――。
「ご迷惑をおかけしました」
一礼して、若き警察官は老人の家を辞去した。
返事はなかった。老人は息をしていなかったのだから。
彼は不思議な動作をする。おろしたばかりの手袋をなじませるようなふうに素手を握ったり開いたり、いろいろな表情を作っては、きょろきょろと首を左右にめぐらせるのだ。
「やはり遠隔操作は反応が鈍いな。自意識が残っているせいか？　どうせ倒すなら精神凍結《スリープ》ぐらいかければよかったものを。アイツら、コイツに情けをかけたのか？」
彼は無意識で爪《つめ》を噛《か》んでいることに気づき、やめた。
「ちぇっ、物事を悪いほうに考えてしまうのがまだ直ってないや。二〇〇〇年前《ついこのまえ》もそれで友達

減らして負けちゃったんだよな」

彼は『ぽじてぃぶしんきんぐ、ぽじてぃぶしんきんぐ』と呪文《じゅもん》のような言葉を唱えると、自分を励ますようなことを口にし始めた。

「最高の身体《からだ》じゃないか。彼女の信頼もあって、近づいて連れて去るにはちょうどいい」

満足した魔王《まおう》は、ぺろりと舌なめずりをした。

「さて、ボクはしばらく後ろに引っこむことにするかな。彼に主導権を渡したほうが彼女は捜しやすそうだし」

かくん、と不意に気を失ったように首が揺れ、ジャスティは意識を取り戻した。

「ここは……？　そうだ！　またしても私はあのクソバカに……っ！」

ぶるぶると屈辱に身を震《ふる》わせる。

警察官であるなら、意識を失った自分がなぜ路上に立っているのかと疑問を抱いてみるとか、銃の残弾数が一発減っていることに気づいて青くなるとか、いろいろとすべきことがあるはずなのだが、そんなものはアークにまたもしてやられた悔しさの前にすっ飛んでしまっていた。

頭がトコロテンなのである。

んで、心のままに走り出そうとすると、大樹《たいじゅ》に宙吊《ちゅうづ》りにされている少年に目がとまった。

「ちょっと聞きたいことがあるのだが、この村に夕刻頃《ごろ》訪れた……」

いっぽうアリスたちは——。
ちゃぽん……。
山奥の村、ブレイクウッズの夜は静かだ。
満天の空をうずめる星たちの瞬《またた》く音すら聞こえてきそうなほどである。
ぎゃあああああ……。
「ぎゃあ？」
ほんのりと頬《ほお》を桜色に染めたアリスが、きょとんとした。
「空耳であろ」
カグヤはわずかに白く濁《にご》った湯の中で、伸び伸びと手足を広げていた。
そうね、とアリスもうなずく。
ここはケンカもしずめる露天風呂《ろてんぶろ》。
視線が合えば爪《つめ》を立て合う間柄の二人も、脳もとろかす心地よさの前には、全身を包む快楽に身を委ねるのが精一杯で、いまはすべてがどーでもよくなっていた。
ジャスティを片づけた一行は、のんびりと一泊することにしたのである。
「いい気持ちだのう」
カグヤは顔だけを湯から出して、ぷかぷかと浮いてみた。

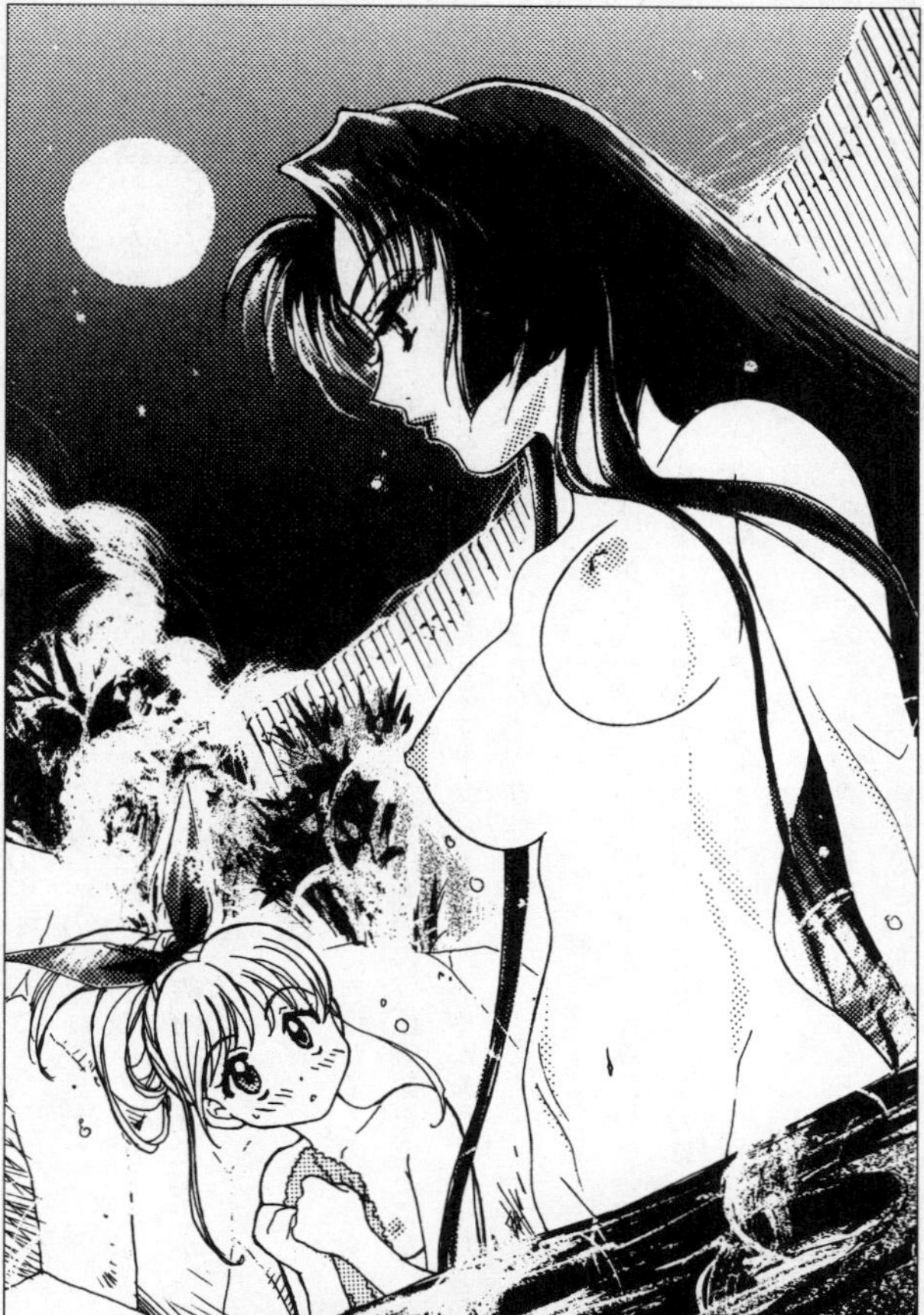

頭の上でまとめていた髪がはらりはらりとほどけて、湯の中で広がる。
それは翼《つばさ》のようにも見え、彼女の美しい曲線を包みこむ薄衣《うすぎぬ》のようにも見えた。
湯気のあわいを通して見える彼女の裸身は、女のアリスの目から見てもどきりとするほど艶《つや》っぽく、びろーんとだらしなく手足を伸ばしているのでなければ、芸術的なほど美しかった。
「………」
アリスはなにを思ったのか、ぶくぶくと目の下まで湯の中に沈みこんだ。
ああまであけっぴろげになりたいとは思わないが、自分の身体《からだ》に自信があるのはうらやましい。まったくバカバカしい成り行きでバストは大きくなったものの、正直なところ『女』を意識することにまだためらいと恥ずかしさを覚えるアリスにとって、いやがおうにも男たちの視線を引き寄せてしまうこの二つの重さは、まさしく重荷であった。
どうなんだろ、とアリスは思う。
自分がもうちょっと大人になれば、男の人がデレデレしててもカグヤみたいに余裕で受け止められるのだろうか？　少なくともアークがカグヤにデレデレしてるだけなのに、あたしが目くじらを立てるのは変な気がする。それじゃあ、まるで……。
いやいやあたしは混乱している。
だいたい、アークしか頼れる人がいないのに、その人が連れていかれるとなったら困るのは当然だ。好きとか嫌《きら》いとかは関係ない。断じてない。それをごっちゃにされてしまうから、ど

う答えていいかわからなくなって戸惑うのだ。アークがカグヤにデレデレすると嫌《いや》な気持ちになるのも、独りぼっちにされたら困るという不安からであって、それ以外に理由はない。別にアークが誰《だれ》を好きになろうとあたしには関係ない。うんうん、そう考えてみると、なんだか胸のもやもやが晴れてきたぞ。なあんだ、そういうことだったんだ。いやー、焦ったなー。

……そうなのかな。

ホントにそうなのかな？

「ん？」

カグヤはアリスの様子に気づくと、ざばあと立ちあがり、見事な身体を夜空のもとに惜しげもなくさらしながら、子供のようにざばざばとアリスのところへ向かった。

「こんなに広い湯船の隅っこでなにを縮《ちぢ》こまっておる。そんなタオルをしておるから、伸び伸びできぬのじゃ」

と、アリスの胸に手を突っこむと、えい、とタオルを引き抜いた。

「や、やめなさいよ！」

「返してほしくば、追いついてみよ」

と、ざばざば走ってゆく。アリスも立ちあった。

初々《ういうい》しくもしなやかな裸身があらわになった。

さすがに胸が揺れた途端、恥ずかしさに腕で覆《おお》ってしまったのだが、母親ゆずりの白い肌《はだ》は、

もっとも、ぎゃあぎゃあ言いながら追いかけっこをする姿には、色っぽさのカケラもなかったのだが……。

一息ついて。

改めてアリスは、じーっとカグヤの裸体を見つめた。

「服ごと脱皮してるわけじゃないのね。服も皮膚《ひふ》の一部だと思ってた」

「……おぬしは月の者をなんだと思っておるのだ」

カグヤは半眼でアリスを睨《にら》むと、タオルを返した。

アリスはそれを受け取るが、身にまとおうとはせず、ほのかに微笑《ほほえ》むと、ぴとっとカグヤに触れるほどの近さで腰をおろした。

「どうした。そんなにしおらしい顔をして、おぬしらしくない」

カグヤが困った顔をする。辛気《しんき》くさいのは、苦手なのだ。

肩にアリスの頭がちょこんと触れた。

大柄のカグヤから見れば人形のようにかわいらしい頭だ。その頭がわずかにうつむいて、

「……だめ?」と、聞いてきた。

その声が、すごく寂しそうだったので、

「別にかまわぬ」

《刻印》などで汚すのがもったいないほど瑞々《みずみず》しかった。

何百年も自分は独りぼっちでいたから、寂しげにされるのは、苦手なのだ。
と、言ってしまった。
「……ありがとね、カグヤ」
「なにを気味の悪い言葉を」
「ホントに感謝《かんしゃ》してるんだよ」
「…………」
どうにも心がむずがゆい。カグヤは視線をきょろきょろと泳がせた。
アリスも所在なげに、湯に浮かべたタオルをもてあそびながら、続けた。
「ホントはね。自分が住んでる町をメチャクチャにされたんだから、カグヤのこと、憎まないといけないんだろうけど、あたし……いきなり魔王《まおう》呼ばわりされて、お父さんたちもみんないなくなっちゃって、誰《だれ》でもいいからすごく助けて欲しいときに、今日までずっと仲良くしてきた町の人たちに化け物を見るような目を向けられて……、ホントになんの躊躇《ちゅうちょ》もなくあたしを殺せるような目をされて……、恐かったんだ。あたしが疑われてたからもあるんだろうけど、人と人の関係とか、思い出って、そんなに簡単に壊《こわ》れちゃうんだ、簡単にそんな目ができちゃうんだ、って思ったらすごく怖くなって……、すごく寂しくなって……。だからアークやカグヤが暴れてくれたとき、顔では怒ってたんだけど、ホントはすごく救われてたの」
えへへ、と薄《うす》く笑って、カグヤを見あげる。

「ずるいね、あたし一人だけいい子ぶっちゃって」
「その通りだ」
カグヤはブスっとした声で答えてしまう。本意ではない。彼女にしてみれば素直に他人を慰《なぐさ》めるなどという大胆な行為は、恥ずかしさが先に立って、どうにも照れてしまうのだ。
けれどアリスは、その声を額面通りに受け取ったらしく、
「ごめんね」と謝《あやま》った。
「…………」
こういうときに不機嫌《ふきげん》な表情しかできない自分を、カグヤはどうにももてあました。
困ったあげく、口を開いた。
「じゃあ、一つ言うことを聞いてもらおうか」
「どんな？」
いいわよ、と言う顔でアリスは尋ねた。
「アーク殿に好きだと言え」
ばしゃあん！　とアリスはタオルを思い切り湯に叩《たた》きつけた。
「ば、ばっ、バカっ！　なんでそんなこと言わないといけないのよ！」
「罰ゲームだ」
「あたしは別にアークのことなんかねえ……！」

「別にわらわは、アーク殿を好きになれ、と言うてはおらぬ。ただ、好きと言え、と申しておるだけだ。違うなら、あとで嘘《うそ》だと申せばよいではないか」
カグヤは、見透かしたような目でアリスを見た。
アリスは膨《ふく》れると、言いたくない、とだけ言って、湯から上がろうとした。
ふふん、とカグヤは笑って、
「まったくアリス殿はバカがつくほど正直だな」
「どこがよ」
ムスっとした顔でアリスが言う。
けれどもカグヤはニヤニヤとほくそ笑んで。
「嘘と言えないということは、つまり好きなのであろ」
「ち、違う!」
「じゃあ、なんで《刻印》が浮かびあがっておるのだ?」
先ほどまで黒子《ほくろ》一つもなかったアリスの裸体には、まざまざと紋様が浮かびあがっていた。
恥ずかしくならなければ、浮かびあがらない《刻印》が。
「こ、これはねえ!」
と、意識すればするほど《刻印》ははっきりと色づき始める。
アリスはどぼんっ、と顔の半ばまで湯の中に沈みこんだ。

「イヤよイヤよと口では言っても、身体《からだ》は正直よのう」
などとカグヤは笑う。
「そんなふうに誘導《ゆうどう》されたら、恥ずかしくなるに決まってるじゃない！」
う〜っ！　とアリスはぶくぶくと泡《あわ》を立てて唸《うな》った。
「やっぱりアリス殿は、怒っているほうが生き生きしておる」
「……それって誉《ほ》めてるつもりなの？」
「そのほうがつき合いやすいということだ。おぬしは好きになれそうだからな」
言ったあとで口が滑ったことに気づき、カグヤが照れたように頬《ほお》を染めた。
その柔らかな笑顔に、アリスも、彼女のことが好きになれそうな気がした。
「——そうやってすぐに警戒心《けいかいしん》を解いてしまうところが、甘いのう」
ニッといたずらっぽく笑ったカグヤは、不意にアリスの頭を押さえつけて湯の中に沈めると、ばしゃあっ、と立ちあがった。
「カグヤ！」
げほげほとむせながら湯から顔を出したアリスの目に、星空に浮かぶ細く輝《かがや》く新月を見あげるカグヤが映った。
「わらわは月に帰りたい」
彼女はそう言って、人を安心させるような優しい顔をして、アリスを見る。

「──おぬしがどんな心配をしておるのかはおおよそ察しがつくが、わらわがアーク殿にからむのは、わらわを月へ帰せるだけの力を持っておると思ったからにすぎぬよ」
「そ……そうなんだぁ」
と、安心させておいて。
「まあ、そのとき、一緒に月に連れていくつもりだがの」
「えっ」
ぎょっとするアリスに、プッとカグヤは吹き出して、
「おぬしはすぐ本気にするから、面白い」
「もーっ！　いじわる！」
「その罰で地球に落とされたぐらいだからのう」
ふと、寂しげな目をして、言う。
月の青白い光が、彼女の裸身に浮かぶ水滴ではじけ、その全身をきらきらと輝かせていた。
が、すぐに曇《くも》った。
「……まったく風情がないのう」
叢雲《むらくも》の沸き立つがごとく、わずかの間に星空を暗いヴェールが覆《おお》ってしまったのだ。
「さてアリス殿、そろそろあがるとするか」
「そうね」

「アリスさん、お迎えに来ました」
「その声は――ええっ!?」
驚《おどろ》いたアリスは声の方角を見た。
そこには、湯煙の中に屹立《きつりつ》するさわやかな青年警察《けいさつ》官の姿があった。
美しい笑顔だった。涼やかなまなざしだった。輝《かがや》くような歯並びだった。まっとうな美的感覚を持った女性なら、誰《だれ》もが心奪われるスマイルであった。
ここが、女湯でなければね。
「エッチ――っ!」
ばこーん、と電光石火の鉄拳《てつけん》が飛んだ。
もっとも殴られたのは、ウィルだったけれども。
「ウィル!?」
彼は道案内に連れてきていたウィルをとっさに彼女の前方に突き出したのであった。
「ひ、ひでえや、姉ちゃん!」
と、痛む頬《ほお》をさすりながら涙目のウィル。
うっ、とアリスはためらい、そして。
「……つーか、アンタものぞいてたんでしょーが」
洗面器を喰《く》らわした。

「か、勘弁……」
　いっぽう警察官のほうは、戸惑いを見せながらアリスに近寄ってきた。
「なぜ殴るんです？　私です。ジャスティですよ！」
「だから近寄るなっつーに！」
　美形の顔面を少女の拳《こぶし》が叩《たた》き割り、ジャスティは血を噴《ふ》きながら倒れた。
　すると彼は意識を失ったまま、口だけを操り人形のように動かし始めたのだ。
「よく見破ったね。さすがはボクが見初《みそ》めた女の子だ」
「その声は……！」
「そうさ。魔王《まおう》であるボクがキミに近づくために、彼の身体《からだ》を乗っ取ったのさ」
「え――――っ!?」
「気づいてなかったのか！」
　じゃあ、なんで彼を殴ったんだ？　と自分をさして魔王が尋ねる。
「痴漢だからに決まってるでしょーが」
「チカン？　なんだそれは？」
　魔王であるジャスティの顔が素朴な疑問に歪《ゆが》んだ。
「まー、平気で人の服をひきちぎるアンタにはわかんない概念でしょーけど……」
　アリスは白い目を向けた。

「とにかく、この娘に手を出すというのならわらわが許さんぞ」
「どう許さんというのだ？　この月のない夜に」
不敵に笑んだ魔王《まおう》は、この警官《けいかん》が持っていた銃を突きつけてやろうと腰に手をやった。
ない。
さっきアリスに殴られたときに、落としてしまったのだ。
「こうなれば、おい小僧！　貴様の言う《魔王剣》を探してこい！」
「させるか！　……ぶっ」
べちょっ、と顔面に黄色いバスタオルが投げつけられた。
「とりあえず隠すところちゃんと隠してから、カッコつけてよね……」
アリスが投げたものだった。
命中したバスタオルが、ぺろん、とめくれて。
「……わらわのことなどかまわぬから、アーク殿を呼んでこい」
「わかった！」
と言いながら、ないない、と自分のタオルを探すアリス。
「おぬしこそ、なにをやってる！」
「裸で行けるわけがないでしょ！」
「その必要はないぜ、アリス」

「えっ？」
　ざばあっ！
　と、湯の中から男が現れた。
　その男は――。
「アーク!?」
　タオルを腰に巻きつけ、なぜか潜水《せんすい》レンズにシュノーケルを装備していたアークは、湯で濡《ぬ》れた髪をばっとかきあげるや、さわやかに告げた。
「安心しろ、俺《おれ》はいつもそばにいる」
「いるなアアアア！」
　ずばーん！　と、ひったくったタオルが彼の顔面に叩《たた》きつけられた。
「なんでアンタが女湯《ここ》にいるのよ！」
「先生に《心臓》移植後の変化を記録しておけと指示されててさ。だから、バレないように遠くから観察してたんだよ」
「じゃ、じゃあ、前からずっといたの!?」
「へへ、わかんなかっただろ？」
　ボッ、とアリスの顔が真っ赤になる。
「じゃ……じゃあ、さっきのあたしたちの話も……もももももも!?」

ばしばしばしばし！　とアークの頬《ほお》に往復ビンタを加える。
「全部忘れて〰〰〰ッ！」
「……ってゆうか潜《もぐ》りっぱなしだったから話なんか聴けないんだけど……」
ビンタで顔を真っ赤にしたアークがうめく。
「え、そうなの？」
ごめんなさい、と言う顔をするアリス。
「おぬし、こんなときになにをやっとるんだ！　戦う相手が違うだろう！」
カグヤが怒鳴る。まったくだ。
いっぽう魔王《まおう》は、そばにあった鉄柵《てっさく》を引き抜いて剣の代わりとしていた。
「剣を渡せ。さもなくば、死ねッ！」
「極端な男は好かれんぞ」
じりじりとあとずさるカグヤ。戦慄《せんりつ》に表情を歪《ゆが》ませるアリス。そんな中、アークはのーてんきにも一人だけニヤニヤと余裕の笑みを浮かべていた。
「なんでアンタはそんなに和んでるのよ！」
「だって、勝負は決まったようなもんじゃん」
「え？」
「もう《刻印》は浮かびあがってるんだからさ」

そう言って、アークはまじまじと彼女を見つめた。
一糸まとわぬ美しき素肌《すはだ》が、そこにあった。
そしてアリスが悲鳴をあげるよりも早く。
「遅ーいっ！」
と、丸められた桃色のバスタオルは、アークによってブン投げられてしまった。
「タオル～っ！」
これでセクハラをはばむものは布一枚もなくなった。が、
しまった！　とアークは叫んだ。
「《筆》を置いてきちまった！」
ばしゃばしゃと、脱衣所に走り出す。
ピン、とウィルも気づいて。
「《魔王剣》もそこやな！」
走り出す。
いっぽうカグヤはわずかな魔力でタオルを剣に変え、人の姿をした魔王と打ち合っていた。
そこへ《聖なる筆《マジック》》を手にしたアークが戻ってきた。
「呪紋《じゅもん》を描けば、オレたちの勝ちだ！」
「させるかぁ！」

と、アリスの黄金の右が《聖なる筆《マジック》》を吹っ飛ばした。
さっきから一人で魔王《まおう》を引き受けているカグヤが怒鳴った。
「おぬしはさっきからいったいなにをしておるのだ！」
「つい、条件反射で……」
アリスはとっさに自分が殴り飛ばした《聖なる筆《マジック》》の行方《ゆくえ》を見やった。
厚い雲によって空は暗く閉ざされ、一〇メートルも彼方《かなた》は見えない。
「……どこに飛んだか全然わかんないわね」
「オレたちのチームワークって、絶望的になるぐらい息が合ってるよな……」
あはははは、とアリスとアークは互いに笑い合い。
「探せっ！」
「うんっ！」
と、走り出した。
「……ったく、さっさとワイに返しておけば、面倒踏まずに済んだんやないか」
ぼやきながら、ウィルは剣を抱えて脱衣所から出てきた。すると魔王は、
「ボクは優しいからね。命を拾わせてあげるよ」
そう言い、まるでこれまでの剣戟《けんげき》は児戯《じぎ》であったかのような冴《さ》えを見せる一撃《いちげき》を放つと、カグヤの手からタオルを弾《はじ》き飛ばすのだった

「よくやったぞ、小僧」
「へへ、アンタに誉《ほ》めてもらうまでもないで」
ウィルは魔王のもとへ駆け寄った。
横目でそれを見たアリスは、立ち止まり、叫んだ。
「さ、サイアク！ 魔王に味方するなんて、アンタやっぱり勇者なんかじゃない！」
「すまんかったな。ワイみたいなんが勇者で」
魔王はククと、ジャスティの顔に陰性な笑みを浮かべると、
「キミは勇者ではないかもしれないけど、賢いよ」
「そうかい？ でもワイは、アホでも勇者でいたいんやな」
と、ウィルはすらりと抜きはなった剣を、魔王の喉元《のどもと》に突きつけるのだった。
「なっ……！」
「悪党やったら、簡単に人を信じるもんやないで」
不敵に笑う。
「偉い！」
と、アリスがはしゃいだ。
だが皮膚《ひふ》一枚のところに剣の切っ先があっても、魔王はあくまで平静だ。
「剣を渡すんだ。さもないと後悔するよ」

やだね、とウィルは吐き捨て。

「いろいろあっていまじゃチンピラ以下に落ちぶれちまったけどな、それでもワイはローランドの血を継ぐ勇者や。魔王《まおう》の手先になんかなってたまるか！」

「残念だ」

と、魔王は吐いて捨てるような口ぶりで剣を回してウィルの剣を払うと、軽く踏みこみ、一瞬《いっしゅん》にして彼の喉元《のどもと》に切っ先を突きつけるのだった。

形勢逆転。

ウィルは……。

「へへーっ、剣をお受け取りくださいまし」

よし、と《魔王剣》を受け取るルーク。

「アンタ！ アホでも勇者でいたいんじゃなかったの！」

「死んだら、アホも勇者もないやろ！」

「残るは――キミをボクのもとへ連れて帰るだけだね」

魔王の人を射るようなまなざしがアリスを捕らえた。その瞬間。

「か……金縛《かなしば》り!?」

アリスは指一つも動かせなくなった。

「小僧、おまえはボクが彼女を連れ去るまで、あの大女を食い止めておけ」

と、鉄柵《てっさく》の剣を渡す。
「ラジャー」
「もーっ、なに考えてんのよアンタ！　バカバカバカバカ！」
「こんな小僧が人間の代表とは、いやはや《最後の年》にふさわしいね」
魔王がアリスのもとへ近づく。すると、
「……ったく、おまえにからむ男どものアホさかげんにはつくづく感謝《かんしゃ》するぜ」
と、アークが現れた。アリスのかたわらにひょいっと現れた彼は、
「呪紋《じゅもん》を描きやすいったらありゃしない」
金縛りで抵抗できない彼女の胸にちょちょいっと魔法陣を描きこんで。
どぉおおん、とアリスの胸から放たれた衝撃《しょうげき》波が魔王を直撃するのだった。
「やった！」
「待て！　ヤツは生きておる！」
その通りだった。水しぶきの向こうから現れた魔王の身体《からだ》にはさほどのダメージもなかった。
《刻印》が、薄《うす》くなっていたのだ。
しかもいまの攻撃でアリスの金縛りが解けてしまった。
なれば、さらなる一撃を喰《く》らわすしかない。
「アリス、我慢しろ！」

「わ、わかった！」
　と、強くうなずく。が、
「……じゃ、なんで両手で邪魔《じやま》をするんだよ」
《聖なる筆《マジック》》を手に迫るアークに、アリスはいやいやをするように両手で抵抗していた。
「だって……やっぱり、恥ずかしいよぉ」
　と、情けない声をあげる。
　男の前で——ましてや意識している相手の前で自分から胸をはだけるというのは、超がつくほどシャイなアリスにしてみれば、身体《からだ》を許すのと同じ覚悟を要求されているようなものだ。いまは我慢しなくてはいけない、と理性でいくら強く思ってみたところで、身体の抵抗を抑えることができないのも無理はない。
　とはいっても、いまは生死の分かれ目だ。
「こうなったらやむをえん、カグヤ！」
　と、アークはカグヤにアイコンタクトを送った。
「承知した」
　察したカグヤがウィルを蹴飛《けと》ばして、駆け寄り、がばちょ、とアリスを羽交《はが》い締《じ》めにした。
「え、えええ～っ!?」

アークの眼前にあらわになるアリスの全身。
上から下まで、なめるように見られてしまい……。
カーッ、とアリスの体感温度は急上昇。みるみる《刻印》が明らかになった。
「させないよ！」
ざばざばと音を立てて魔王が迫る。
「アーク、やるんならさっさとやって！」
「まだだ。まだ《刻印》が弱い。もっと恥ずかしがれ」
「え～っ！」
「そうだ、この呪紋《じゅもん》に名前をつけよう」
アークは思い切りいやらしい笑いを浮かべて言った。

「おっぱいビーム」

「い～～～や～～～～っ！」
身悶《みもだ》えするような恥ずかしさに、《刻印》が輝《かがや》き始めた。
「いまだ！」
剣を斜め下に構えた魔王がその刃を振りあげようとした、まさにそのときだ。
アリスの胸の二つの先端で光が弾《はじ》け、ぐるぐると弧を描くように二つの螺旋《らせん》を描いた光線が

魔王《まおう》を直撃《ちょくげき》した。
《魔王剣》が彼の腕を離れ、宙を舞った。
「……なにッ！」
なんと魔王は剣を取り戻そうと跳躍《ちょうやく》したのだ。それだけの体力が残っていた。
直撃であったのに！
「そんな……」
立ちつくすアリスとカグヤ。
アークは悔しげに舌打ちをした。
魔王の強さが予想外だったからではない。致命傷を与えられないことはわかっていた。
それでもオルファンが使ったような封印呪紋《じゅもん》を使わなかったのは、相手がジャスティの身体《からだ》を奪っていたからだ。それもまた運命と割り切れる強さは自分にあっても、アリスにはない。
たとえそれで自分の命が助かっても、むしろそのコトで余計に傷つくに違いない。
それは嫌《いや》だった。
であれば、相手を退却に追いこむしかなかった。戦いは不利になるがかまいはしない。それで《刻印》の強さで押し切ろうとしたのだが、それは叶《かな》わなかった。
だがそれは誰《だれ》にもわからない。表に出るのは、彼女を裸にしたあげくに容赦なくもてあそんだというのものセクハラと、悔しさというたった一つの表情だ。

その表情を満足げに解釈した魔王が吠《ほ》えた。
「つまり、すべてにおいてボクが上だったということさ！」
ほないな！ と飛び出す小さな影が一つ。
「てめえを踏み台にすればいいだけのことやな！」
ちょんっと、魔王の背に足をかけて、さらにジャンプしたのは――、
「ウィル!?」
魔王よりも前に飛んだウィルは、がしっと剣をつかんだ。
「封印は解くなって、爺《じ》っちゃんには言われとったんやけど……もう、しゃーないよなア！」
くるりと宙返りをして、遠心力で剣の刀身を抜く。
錆《さ》びた刃にしか見えなかったそれは《魔王剣》の真の鞘《さや》。
まるで宇宙の始まりのように、夜の中にまばゆい光を放ちながら抜かれた剣は、一点の闇《やみ》も許さぬ純粋な輝《かがや》きをほとばしらせた。
「それが……真の《魔王剣》！」
「どんな魔法をかけていようが、この《魔王剣》クラウ・ソラスには効かへんで！」
勝負は一閃《いっせん》、すれちがいざまに放ったウィルの一撃は、魔王を水面へ叩《たた》きつけた。
ばしゃあああん、と大きなしぶき。
「やったで！」

だが、ジャスティの身体《からだ》が浮かんでくることはなかった。
おそらくはルークが魔法《まほう》で回収したか……。
かたやウィルはすっくと立ちあがると、アリスに向かって得意げな笑みを浮かべた。
「どや姉ちゃん。これでもワイのこと、勇者やないって言うか？」
「ウソでしょ……」
アリスはぼーぜんとした目で、光り輝《かがや》く剣を握りしめて立つ勇者を見つめるのだった。

「——というわけで、ウィルを放してあげて欲しいの」
「そりゃあ無理だな」
アリスの熱弁も村人たちの耳には虚《むな》しく聞こえるさわやかな朝。
縄《なわ》で縛《しば》られたウィルはもがもがと呻《うめ》いている。
うるさいので口に猿《さる》ぐつわをかまされていた。
「ウィルはホントに勇者なの！　証拠だってあるのよ！」
「そりゃあまあ、驚《おどろ》きなんだがなぁ」
「だったら！　勇者を騙《かた》った罪ってのはなくなるじゃない」
「でも、この村で泥棒《どろぼう》を働いたことに変わりはないしなあ……」
ウィル、ブタ箱入り決定！

ちゅんちゅん、と澄《す》んだ空をスズメが飛んでいた。
額《ひたい》に手を当てて、ふう、とため息をつくと、アリスはあきらめて尋ねた。
「で、牢《ろう》に入ったら、どのくらいで出てこれるの？」
「そりゃ、判決にもよるだろうが……これまでのことを考えると一〇年はかかるだろうなあ」
「一〇年後なんてないわよ！　世界が終わっちゃうのよ！」
「お嬢《じょう》ちゃん、そりゃ《聖典《バイブル》》を真に受けすぎじゃよ。今年で世界が終わるなどと、そんな馬《ば》鹿《か》な話がなかろう」
と、鼻で笑われる。
「だからホントに魔王が現れて、世界を滅ぼそうとしてるんだから！」
「はっはっは」
まったく誰《だれ》にも相手にされない。
「う～っ」
と、顔をしかめるアリス。その肩をアークが叩《たた》いた。
「やめとけ、これ以上ホントのことを話しても、ますます相手にされなくなるだけだぜ」
「だけど、ウィルはあたしたちを助けてくれたのよ。置いていけないよ」
「それならアリス殿、よい方法があるではないか」
「あるの？」

無邪気に嬉《うれ》しそうな顔をするアリスに、カグヤはイタズラっぽい笑みを浮かべると、アークにアイコンタクトを送った。

「なぁ、アーク殿」

「……結局こうなるとは思ってたんだがな」

と、アークは剣を抜き、カグヤは脱皮した。

「オレたちゃ、魔王《まおう》の手先だぜ！」

まあ、そんなわけで、

アークたちはすべての罪をルークに押しつけて、ウィルを強奪したのだった。

めでたしめでたし。

第4話　「味方殺しの魔法少女」

「なー、いいかげん気を直せよ～」
前にも同じようなセリフを言った気がする。
アークたちはカグヤの背に揺られながら、森の中を進んでいた。
離れて座っているアリスは、むすっと口を一文字に結んだままで、機嫌《きげん》が悪い。
「姉ちゃん、さっきから一っ言もクチ聞いてくんねえな」
ウィルは揺れる背の上で器用に胡座《あぐら》をかいて、黒い鞘《さや》に収められた魔王《まおう》剣を抱くように座っていた。鞘も柄《つか》も陽《ひ》の光を受けて美しく輝《かがや》き、昨日見たはずの赤錆《あかさび》などかけらも残っていない。
「そのうち怒るのにも疲れるだろ」
アークも飄々《ひょうひょう》としたもので、彼女を怒らせているのは自分のせいだという自覚がまったくない。まあ彼の入力コマンドには『悩む』とか『考える』とか『反省する』とか『マジメになる』という選択肢《せんたくし》がないというか、彼がマジメになるのは不マジメなことを考えるときだけだったので、人生は楽しいことだらけと言いたげなゆるんだ笑顔を浮かべているのだった。
「まー、一つだけ、アリスの口をすぐ開かせる奥の手があるがな」
「へー、やってみてんか」
「簡単カンタン。俺たちがもーっと悪いことを企《たくら》めばいいんだよ。たとえば……」
「企むな——————ッ!」
ぼかっ、とアリスの拳《こぶし》が飛んできた。

「ほらな～」
人をおちょくることばかり考えてたら、そりゃ人生楽しいだろうよ。
いててて、と頭をさすりながらアークは悪びれずに言った。
「俺たちみーんなルークに洗脳されて操られてたってことにすりゃいいんだよ、アリス」
「お、そりゃええな。ワイの前科も魔王のせいにしたろ」
あはははは、と笑う男たち。
「いいわけないでしょ～!? 勇者が魔王に罪なすりつけてどーすんのよ！」
「もともと魔王なんてそーゆうもんやないか……」
「……イヤな勇者ね、アンタって」
「まあ、ちゃんとあとを継いだってわけやないしな。最後の儀式《ぎしき》もしてへんし」
「じゃあなんで《魔王剣》を持ってるのよ」
「いろいろあってな」
「盗んだの？」
「ちゃうわ！」
説明するのが面倒やから言わへんけど、この世界で勇者はワイ一人だけや、それは信じてくれ、と言い、ウィルは揺れる背の上で器用に立ちあがった。
「自己紹介がまだやったな。ワイの名はウィル。歳《とし》は一四。ウィルってのは略称で、正しくは、

ウィリアム・ジークフリード・フォン・シュバルツシルト・レオポン・ミューゼンハウゼン・ゲルゲルムント・アーサー・ハウザー・カイザー・エオポルド・ルイルイ・アントワープ・ダンケシエーン・ミュー・ルカリレーテ・アキレウス・エクトラウス・ロムルス・エンス・キアス・アトラス・エルカ・エト・モルトス・ヘストン・ウー・ムムントベルベルグラウスヴァーナ・イハオ・ジョンバー・ポロロッカ・ミア・ヒア・ラルルリア・ロロムイ・サービロヌス・エステハイデ・ルーゲント・フィア・バントルー・アストロ・ディアナ・アステリア・シャル・テス・マハーヴィア・プロステア・バーシス・ガナルヴァリス・ヘナヘナ・バシュタルト・レイズ・レックス・オルトラス・ヒーリング・ロワイヤル・アンタジエンヌ・ローリッヒ・ディスプレント・カーペンター・フォーエバー・ディロス・バロス・グルーエント・メロパー・フイックス・ギガロス・ルールラララルラー・ハーディス・ガーディス・オルンポス・グレック・バースト・ハイネル・ピット・デス・マルク・エンジェル・デモニック・ビーネスト・カーワヤ・ラップナウン・ロココスミーアン・ウェナブライン・トリアス・ウェザー・ムーデル・パーミア・アッシュド・グーライネスネス・メイニッヒ・シューン・パール・ライネスガイナフォーリンビーム・トトネスエルム・クセ・ミット・レーナイ・ルゲイベーナ・カヤローバ・ヤンダルッパ・デルゲム・トッセ・ミトモ・チューバッハ・ナ・バダンカバダンカーン・ダルダル・メッセ・リック・ゲーナバ・ルドラゴン・ベルゴン・ドラゴナ・バルパス・テロテロス・ニャンニャカ・ポーン・レロ・レロレロレー・マイパニア・ランカニー・ワークスルーム・レ

ーシット・キーニハヌーヌー・ナックル・マカマカ・ジョルベン・ヤーナット・クルムスリット・ベルベット・マドラ・バンダー・ロッツ・ファネット・コスモネーション・ダイナル・トートリア・スネット・ブナ・ガーナ・ハ・ルレルレ・ハーミット・ルゲランカナート・オルンダ・ズドロン・ネ・トラモン・ジャスジャス・ローテス・マスナンカーラント・ハブリッシュ・ジェーン・ハルモナ・ソロス・トーラス・ウート・カント・ライナス・メメメナ・ミム・レミアナ・ランキム・ダン・ソ・ウ・ナ・バーキア・ゴイナ・チリム・ニージュ・ラージュ・バイバイ・カース・トロアス・サージャイナ・メック・ストン・ラープニア・アイマリック・ネルソン・カールソン・メイメイ・リアーナ・ナナントス・グローク・グラリラカーニスウーゼルクーゼルメニア・リップ・ワンゾラ・ウンダダ・ソーニア・ヘルマン・リンセス・マカマ・エステリス・パルス・ローソ・バッソ・ネスト・マーソバーナ・ギンガー・ジョージ・エルリー・マイケル・サントス・ペルペトス・サン・クレイト・シロン・イアヌ・オルガン・アントス・ククル・セレニア・ツールド・ニース・ホル・ヨンナ・ビーデス・レビクン・ファイラー・アクルバード・ギア・エルエックス・パカラン・アンティーヌ・ロワイティーヌ・ラド・フィリップ・ブラウン・ブラック・ピロピロ・バンバカ・ヴァン・コクトー・アクト・セルヌン・バルバロッサ・ファン・エロス・クラウス・ゴーマ・スレイブ・フォルフェア・アンバーカイル・ミナカミ・イングラム・カートランダー・パーロック・フィル・ブルー・タイチ・ギンホンイ・ゴロウ・ヨタロウ・ベルベット・ローランド・ハア・ズブシュ・ファイア二四七世ジュニア、

って言うんやけど、できれば由緒正しいほうで呼んでくれるか」
「覚えるから、もう一回言ってくれ」
「やめろっつーの」
アリスがぽかりとゲンコツを喰《く》らわした。
続いて、そのアークがマジメな顔で挨拶《あいさつ》を始めた。
「俺《おれ》の名はアーク。でもこれは略称で、正しくはアーク・ザ・ウルトラ・ダイナミック……」
「どこの世界にウルトラダイナミックなんてふざけた名前があーるーのーよーっ！」
と、アークの口に指を突っこむと、えいえい、とアリスは横に引っぱった。
「あっはらおーうるんなろー（あったらどうするんだよー）」
「土下座して謝《あやま》ってあげるわよ！」
どこかにいるウルトラダイナミックさん、ご連絡お待ちしています。
「あたしはアリス。い・ち・お・う・一六歳の女子高生」
「胸からおっぱいビームが出せる女子高生」
「余計なコトを言うのは、このクチか、このクチか〜っ！」
えいえい、とアークの口を引っぱるアリス。
「あうあう……」
「わらわはカグヤ。歳《とし》は言いたくない。月から来た。なよ竹のかぐや姫だ」

と、人間の身長よりも大きな頭を振り向かせて、蛇《へび》モードのカグヤが挨拶した。
すると意外にも、ウィルは驚《おどろ》きの声をあげた。
「へえ、ご先祖さまの予言って当たるもんやな」
「予言？」
「ああ、ワイん家《ち》には代々、初代様が残した言葉が口伝《くでん》で継承されていてな、その中に**女神**と**勇者**と**魔王**と**女子高生**と**魔法使い**と**お巡りさん**と**変態**がそろったときに魔王は倒されるって予言があるんや」
「ずいぶんといかがわしい予言ね……」
「俺はさしずめ魔法使いと言ったところか……」
「アンタは変態よ、変態！」
「すでに、お巡りには出会っておるではないか」
「魔法使いってのはお父さんのことなのかな……？」
「アリス……おまえ、どーしてもオレを変態役にしたいらしいな」
「予言があるってだけでも心強いじゃない。こうなったらウィルを信じましょうよ！」
アリスもけっこう調子のいい性格をしている。
「ふふん。そりゃまなんたってワイは由緒正しきローランド家の二四八代目、ウィリアム・ジークフリード・フォン・シュバルツシルト・レオポン・ミューゼンハウゼン・ゲルゲルムント・

アーサー・ハウザー・カイザー・エオポルド・ルイルイ・アントワープ・ダンケシェーン・ミュー・ルカリレーテ・アキレウス・エクトラウス・ロムルス・エンス・キアス・アトラス・エルカ・エト・モルトス・ヘストン・ウー・ムムントベルグラウスヴァーナ・イハオ・ジョンバー・ポロロッカ・ミア・ヒア・ラルルリア・ロロムイ・サービロヌス・エステハイデ・ルーゲント・フィア・バントルー・アストロ・ディアナ・アステリア・シャル・テス・マハーヴィア・プロステア・バーシス・ガナルヴァリス・ヘナヘナ・バシュタルト・レイズ・レックス・オルトラス・ヒーリング・ロワイヤル・アンタジェンヌ・ローリッチ・ディスプレント・カーペンター・フォーエバー・ディロス・バロス・グルーエント・メロパー・フィックス・ギガロス・ルールララルラー・ハーディス・ガーディス・オルンポス・グレック・バースト・ハイネル・ピット・デス・マルク・エンジェル・デモニック・ビーネスト・カーワヤ・ラップナウン・ロココスミーアン・ウェナブライン・トリアス・ウェザー・ムーデル・パーミア・アッシュド・グーライネスネス・メイニッヒ・シューン・パール・ライネスガイナフォーリンビーム・トトネスエルム・クセ・ミット・レーナイ・ルゲイベーナ・カヤローバ・ヤンダルッパ・デルゲム・トッセ・ミトモ・チューバッハ・ナ・バダンカバダンカーン・ダルダル・メッセ・リック・ゲーナバ・ルドラゴン・ベルゴン・ドラゴナ・バルパス・テロテロス・ニャンニャカ・ポーン・レロ・レロレロレー・マイパニア・ランカニー・ワークスルーム・レーシット・キーニ・ハヌーヌー・ナックル・マカマカ・ジョルベン・ヤーナット・クルムスリット・ベルベット・

マドラ・バンダー・ロッツ・ファネット・コスモネーション・ダイナル・トートリア・スネット・ブナ・ガーナ・ハ・ルレルレ・ハーミット・ルゲランカナート・オルンダ・ズドロン・ネ・トラモン・ジャスジャス・ローテス・マスナンカーラント・ハブリッシュ・ジエーン・ハルモナ・ソロス・トーラス・ウート・カント・ライナス・メメメナ・ミム・レミアナ・ランキム・ダン・ソ・ウ・ナ・バーキア・ゴイナ・チリム・ニージュ・ラージュ・バイバイ・カース・トロアス・サージャイナ・メック・ストン・ラープニア・アイマリック・ネルソン・カールソン・メイメイ・リアーナ・ナナントス・グローク・グラリラカーニスウーゼルクーゼルメニア・リップ・ワンゾラ・ウンダダ・ソーニア・ヘルマン・リンセス・マカマ・エステリス・パルス・ローソ・バッソ・ネスト・マーソバーナ・ギンガー・ジョージ・エルリー・マイケル・サントス・ペルペトス・サン・クレイト・シロン・イアヌ・オルガン・アントス・ククル・セレニア・ツールド・ニース・ホル・ヨンナ・ビーデス・レビクン・ファイラー・アクルバード・ギア・エルエックス・パカラン・アンティーヌ・ロワイティーヌ・ラド・フィリップ・ブラウン・ブラック・ピロピロ・バンバカ・ヴァン・コクトー・アクト・セルヌン・バルバロッサ・ファン・エロス・クラウス・ゴーマ・スレイブ・フォルフエア・アンバーカイル・ミナカミ・イングラム・カートランダー・パーロック・フィル・ブルー・タイチ・ギンホンイ・ゴロウ・ヨタロウ・ベルベット・ローランド・ハァ・ズブシュ・ファイア二四七世ジュニア……やからな」

「それは
もういい」

あと三〇回ほど、このやりとりを繰《く》り返せば、ページが埋まって本が一冊できあがるという寸法だった。わはははは。

もうしません。

「と・に・か・く、勇者が仲間になったことだし、打倒魔王《まおう》に邁進《まいしん》するのみよ！」

「争いで物事を解決するのはよくないと思うなぁ」

どこから取り出したのか、アークはパイプ煙草《タバコ》を吹かしながら、白々しい茶々を入れる。

「アンタがもっともらしいこと言ったって、説得力ないのよ」

「にひひ」

いい、みんな、とアリスはビシシッと人差し指を突きつけて宣言した。

「これからはなにがあっても悪いことは絶対にしないわよ！」

「無駄《むだ》だと思うな～」

頭の後ろで手を組んだアークが、あっけらかんとコメントした。

「アンタが！　そーゆう！　態度で！　いるから！　余計な！　罪が！　むやみに！　膨《ふく》らんで！　いくのよっ！　このっ！　このっ！　このっ！　このっ！」

アリスはありったけの怒りを右足にこめて、アークをげしげしと蹴《け》りつけた。

「きゃあああああ……」

「なに女の子みたいな悲鳴をあげてんのよ」

アークは、俺《おれ》じゃない、という顔をする。
「え?」
「おやめになってくださいまし〰〰っ」
声のする方角に目を向けると、おぼつかない足取りで、こちらへ駆けてくる少女がいた。
山道におおよそ似合わないロングスカートのせいで、もつれそうになる足を懸命《けんめい》に駆り立てながら一人の少女が走っている。
線の細い、愛くるしい顔を喘《あえ》がせて。
そのあとを、わかりやすい男たちが追いかけていた。
なにがわかりやすいかというと、
顔が凶悪だった。
ここは森の中、空を覆《おお》う見事なまでに生い茂った木々の葉の薄暗《うすぐら》さのせいもあって、傷だらけの彼らの顔は、必要以上に邪悪で凶暴に見えた。
条件反射的にウィルが剣に手をやる。
「そーいやこのあたりを縄張《なわば》りにしている盗賊団がおるって話、ワイ、耳にしたで……」
「じゃあ、逃げよう」
スカポーン、とアリスの拳《こぶし》がアークの後頭部を殴り飛ばした。
「助けなさいよ!」

「無用な戦いは避《さ》けるんじゃなかったのかよ！」
「放っておけないでしょ、あの子を」
「助けなくてもいいと思うけどなあ……」
アークは意味深なことを言う。
だがアリスは、
「大丈夫よ。だいたいこれまであたしたち、警察《けいさつ》とか町の人だとかそういうのとばかり戦っていたから立場がよくなかったのよ。戦う相手は選ばなくちゃ」
「そーいうもんかぁ？」
「さぁ、助けるわよ！」
少女を助けることに異論があるわけではなかったので、ウィルが飛び出した。
いっぽうアリスは駆けこんできた少女を背中に回す。
少女は、アリスの顔を見て「あ」と驚《おどろ》いたが、
「大丈夫？」
と聞かれたので「はい」と健気《けなげ》に答えた。アリスは迫り来る盗賊たちを睨《にら》みつけた。
「大の男が寄ってたかって女の子をいたぶって。それがどれだけみっともないかわかってるんでしょうね！」
（暗に俺を責めてるのか……？）と、アークは思った。

少しは気にしているようだった。
「聞いたふうな台詞《せりふ》を抜かすんじゃねえよ！」
「さっさとその女を渡しやがれ！」
「さもないと、おまえもタダじゃ済まさねえぞ！」
などと男どもは威勢のいいセリフを並べるのだが、なぜか腰は引けている。
アリスたちの背後にずーんと構えている大蛇《カグヤ》を見てしまったからだ。
「ほほう」
途端にウィルは強気になった。
彼の身体《からだ》にはまぎれもなく勇者の血が流れているのだが、自分より弱い者に対しては徹底的《てってい》に居丈高になれてしまうという性根は、腐ったチンピラそのものでしかなかった。
むん、とウィルは抜刀の剣風を横に飛ばし、巨木を一つなぎ倒した。
もちろん、わざと。
「ひぃぃぃっ」
びびる男どもの顔が見たかったのである。
「おーっと、まだこの剣に慣れてへんから力の加減ができそうにないなぁ。うっかり殺《や》っちまっても勘弁してくれや、うひひひひ」
まったくロクでもない勇者であった。

「ま、待ってくれ、俺《おれ》たちの話も聞いてくれ！」
「問答無用！」
ウィルは肩にかけた剣を抜いた。その刀身は持ち主の細腕よりも厚く、身の丈ほどの長さを持った長剣だ。ウィルは抜いた刃に舌を当てると、すううっとぬぐった。
「ワイの剣が血を吸いたがっとるでぇ……うおうりゃあああああああああああ！」
たてつく間もなく、男たちはブッ飛ばされた。
ジョニー（名前がわからないので勝手に決めた）は空中できりもみをして地面に激突し。ザック（仮）は木を六つほどなぎ倒して鳥の巣を頭からかぶり昏倒《こんとう》。ウォード（仮）に至っては苗木のように頭から地面に突き刺さった。
「お、お、覚えてろよ〜ッ！」
と、足を引きずりながら逃げる彼らに追い打ちをかけてトドメを刺さないだけ、彼はぎりぎり勇者と言えなくもなかった。
「安心しろ、峰打ちや」
「血だらだら流してるわよ……」
魔王《まおう》剣は両刃だから、峰打ちもへったくれもないのだった。
「助けて頂いて、本当に本当に感謝《かんしゃ》の言葉もございません、です」

少女は感激に目をキラキラさせながら、ぺこぺこと何度も何度も丁寧に頭を下げた。

「人間として当然のことをしたまでですよ」

よほどそういうセリフが言ってみたかったのだろう。アリスはアリスで感激していた。はらはらと涙を流しながら感謝《かんしゃ》の祈りを捧げていた。

まだあどけない顔立ちの少女は、疑うことを知らない天使のように純真なまなざしをアリスたちに向けている。ショートボブの髪はさらさらと柔らかく、清楚《せいそ》で落ち着いた育ちのよさを醸《かも》し出していた。

育ちといえば、彼女は喋《しゃべ》り方や立ち振る舞いだけでなく、頭のてっぺんから足の先まで全体的に緊張感がない。まぁ、よく言えば優雅である。間の抜けた感じもしなくもなかったが、得てして男はこーゆー女の子に弱いものである。たとえば……、

「なあなあ、ワイ、ウィルっていうんやけど、キミはなんて名前なん？」

コイツとかね。

「ソフィアです。ティス・イアス・ソフィアと申します」

「ソフィアちゃんか――。きれいな名前やなー、ぴったりや」

「そ、そんな……初めての方にそんなことを言われると、照れてしまいます」

と、ソフィアはほのかに頬《ほお》を赤らめた

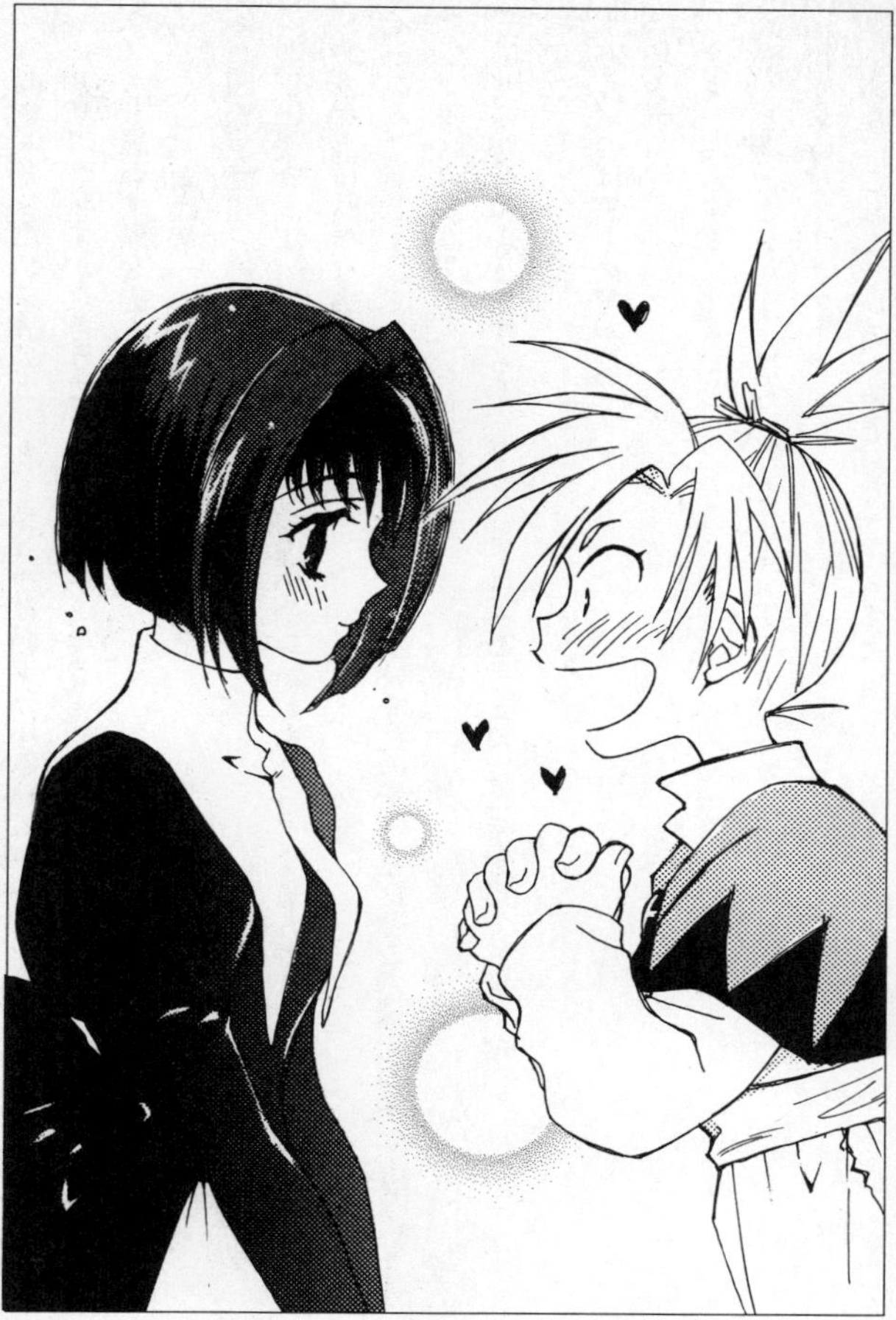

ちんまりとしたソフィアよりも、ウィルは頭半分小さい。
ソフィアが恥ずかしそうにうつむくと、ちょうど視線がぴったりと合って、その愛らしさにウィルも思わず顔を赤くしてしまった。
「……と、歳《とし》は？」
「一四です」
「惜しい。ワイは一三。そやけど一つ違いぐらいがちょうどええんや～。うんうん」
悪逆な上に軟派な勇者であった。
「ところで、どうしてこんなところを一人で歩いてたの？　見たところ地元の子でもないようだし、連れの人は？」
アリスが尋ねようとすると、ソフィアは「あ」と口元に手を当てて驚《おどろ》いた。
「よう」
応《こた》えたのはアークだった。
「え？」
きょとんとするアリス。
「やっと逢《あ》えました！　捜したんですよ、アークさん」
「知り合いなの？　アーク」
「まあな。これまでいろいろと、な」

「ええ」
　と、視線を交わし合う。ソフィアはアークを見あげながら嬉《うれ》しそうにうなずいた。
　それがいかにも、二人だけにしかわからないなにかを共有し合っているように見えたので、
アリスはちょっと胸がざわつくのを感じた。
「ね、アーク」
「ん？」
「その子とは……どんな知り合いなの？」
　気になる。
「まあね、先生に厄介《やっかい》になる前からのつき合いだし」
「ところでアリスさん。フェザーリーブスが大変なことになってしまったとか」
　ぎくっ、となるアリス。
「私、オルファン様にお伝えしたいことがあって、ここまで来たんです」
「あなたの用事って、お父さんにだったの？」
「ええ、でも、間に合わなかったみたいですね」
　ソフィアはアリスのある部分をちらりとうかがうと、悲しげに瞳《ひとみ》を伏せた。
「どういうこと？」
「手術は失敗していたようです……」

「手術?」
「アリスさんに《心臓》を移植した手術です」
「あ、あなた、なんでそれを知ってるの?」
「だって、立ち会っていますから」
「え?」
「オルファン先生に頼まれて、私が《心臓》手術のコーディネイトをしたのです」

「アンタがあたしを地獄に突き落としたのか〜ッ!」

でも、女の子は殴らない。
アークがぼそりと、
「……男女差別だ」
愚かなウサギは、飢えた狼《おおかみ》の格好の生け贄《にえ》となり……。
「差別がどーのというよりも、おぬしは茶化《ちゃか》してもいいときとそうでないときの区別がつけられないだけのような気がするのう……」
やれやれ、とカグヤはため息をつきながら、死体のように伸びたアークを見やった。
いつものことだとウィルも静観し、ソフィアだけが一人おろおろとしたが、そのうちにアークがむっくりと起きだしたので(ここはそーゆー空間なんだ……)と思うことにした。

「それにしても……」
アリスを見て、ソフィアは息を呑《の》んだ。
「実りましたね」
「どこ見て言ってんのよ、どこ見て！」
服を着ているにもかかわらず、アリスは腕を組んで胸を隠した。
「こんな変化が出るなんて、魔力《まりょく》のシールドがうまくいかなかったのでしょうか……」
「安心しな。それは成功だ」
アークが断言した。
「そうなんですか、よかった」
「成功じゃなーい！」
「やっぱりそうなんですか？　ご、ごめんなさい……」
「照れてるだけだよ、アリスは」
「ありがとうございます。アークさんはいつも優しいですね」
「優しい？」
アリスはあんぐりと口を開けた。
ヤサシイ？　ソレハ新種ノ野菜デスカ？
アイツのどこからそういう形容詞が出てくるの!?

アリスは常識がまったく通じない世界にやってきてしまった旅人のように、頭の中が真っ白になってしまった。

「おまえこそ長旅で疲れてるんじゃないか。クレアガーデンからは相当な距離だろ」

気遣い!? あのアークが女の子に気遣い!?

アリスは驚《おどろ》きのあまり、目が点になってしまった。

(目の前にいるコイツはいったい誰《だれ》?)(なんで彼女には優しいの?)(それって変じゃない?)

なんであたしの扱いが一番ひどいのか。

「ちょっと! ちょっとちょっとちょっとアークっ!」

「なんだよ」

「なんで他《ほか》の子には優しいの?」

「へ?」

「それこそ差別なんじゃない!?」

「はあ?」

「だって彼女に言ったような言葉、あたしにはかけてくれないじゃない」

怒ってるんだか拗《す》ねてるんだかわからないような目でアークを睨《にら》む。

「おめーが疲れてるとしたら、さっき俺《おれ》をズコバコ殴ったせいだろー?」

「それはアークがバカなこと言うからでしょ!」

「だからって普通、手が出るかあ？」
「言ったって聞かないからじゃない！」
なんだかいつもの調子でケンカになる。すると、ぷりぷり怒り始めたアリスの尻馬《しりうま》に乗って、カグヤとウィルも悪口を言い始めたのだ。
「まぁ、アニキのアホは底抜けやしな」
「でしょでしょ！」
「それに、助平ときておる」
「そうよ！　お父さんとそっくり！」
「さっきの戦いやって、アニキはぼーっと見とっただけやしな」
「仕方あるまい。アーク殿は剣が使えるわけでもなし、魔法《まほう》が使えるわけでもなし」
「あ、だけどそれは研究者だもの」
「ワイも相当ろくでなしやけど、一応は戦えるで」
「仕方あるまい。アーク殿はそのぶん自分勝手で悪賢い」
「まあ、それで勝てたこともあるしね」
「ホンマ、しょうもないコトにしか頭を使わへんよなあ、アニキは」
「仕方あるまい。それがアーク殿なのだから」
「………」

「最悪やな。ええとこないで」
「抜いても抜いても舌が生えてきそうなことぐらいかのう？」
「二人とも、それはちょっと言いすぎなんじゃない？」
面白がってアークをこきおろす二人に、いつの間にかアリスは眉《まゆ》をひそめていた。
「だってホンマのことやないか」
「そんなことないわよ。あるもん、いいところ」
あたしを助けてくれたわ、とアリスは言い張った。
「悪賢いだけだったら、あたしがひどい目にあうのを傍観しててもよかったんだし、自分勝手なだけだったら、なおさら逃げ出すことだってできたのよ。ウィルのように剣も使えないし、カグヤのような魔法《まほう》も使えないけど、二人がいないときはたった一人であたしを守ろうとしてくれたもの。アークが二人の言う通りの能なしでも、それでも助けてくれたんだよ。確かにバカだから、しでかすことはろくでもないけど、大事なのは気持ちでしょ、誠意でしょ？」
すると、話を聞いていた張本人が呆《あき》れたようにつぶやいた。
「おまえそんなこと考えてたのかぁ？　ホントにおめでたいヤツだな～」
子供の間違いを諭《さと》すように、アリスの頭をぽんぽんと叩《たた》くと、
「そもそも今回の一件はオレの思いつきから始まったんだからさ、肝心のおまえに死なれたらツマンナイだろー？　面白くなるのはこれからなんだぜ～」

がははは、と笑った。

「……ん、どした？　アリスなんでおまえそんなに怖い顔してるんだ？」

「やっぱりアンタは最悪だ〜〜〜〜ッ!!」

「はっぎゃあああああああああああ————っ」

涙混じりの鉄拳《てっけん》はちょっぴり塩味で。

「けどまあ……アニキもなにが楽しいんかようわからんけど」

「アリス殿も、アーク殿のなにが良いのだろうな」

二人にしてみれば、アークもアリスも、どっちもどっちと言った感じであった。

話の流れからすっかり取り残されていたのはソフィアである。いつの間にか言葉のキャッチボールから置いてけぼりにされたソフィアは、話の続きをいつ切り出してよいものかと、とろんとした目を右へ左へきょろきょろさせながら、会話を追っていた。

「あの〜。結局アリスさんは《心臓》をどうしたいんでしょう？」

「外せるの!?」

「ホントにいいんですか？　もとに戻ってしまいますよ」

ソフィアは真剣な顔で聞いてきた。

「どーゆー意味よ！」

「わかりました。なら、私にもお手伝いできることがあると思います」
「あるの？　方法！」
「難しいのと、簡単なのとがありますが」
「簡単なほうはどーゆーの？」
「転生術です」
と、ソフィアは笑顔で答えた。
「転生って……いったん死んで、魂だけを別の人間に移し替えるってアレ？」
「はい」
「それのどこが簡単なのよ？」
「簡単ですよ。アリスさんは世界のどこかで別の人間に生まれ変わったに違いないと、私たちが思いこむだけなので……」
と、ソフィアは笑顔で答えた。
「あたしは死ぬだけかーっ!!」
「なので、あまりオススメできません」
それも笑顔で言われて、アリスはどっと疲れた。
「もーっ。難しいほうでいいわ」
「再手術です。埋めこんだ要領で外します」

「なにが難しいの？」
「術式を行える起動装置《ワークドライブ》がエルナ・デッセトリアにしかないのです」
「魔王《まおう》のいる場所じゃないの！」
「なので、あまりオススメできません」
それも笑顔で言われて。
「しょうがない、あきらめる」
「そうですね」
「ちょっとアーク、勝手に答えないでよ！」
するとアークは、キラキラと目を輝《かがや》かせながら、わざとらしく髪をかきあげ、
「魔王との戦いなんて危険なことに、キミを巻きこみたくないから……」
「って、どの口が言ってんのよ、どの口がーっ？」
「あうあうあうあうあ」
アリスに口をびろーんと広げられてしまうのであった。
「まあまあ、お二人はとても仲がよろしいのですね」
「よくないわよ！」
どうでもいいが、さっきから話がまったく進んでいなかった。

結局、アリスは居直った。
「ま、どーせ魔王《まおう》を倒しに行くんだから同じことよ。一石二鳥ね！」
「面倒くせー」
勇者から不満の声があがった。
「アンタ勇者でしょ！　魔王倒すの面倒がらないでよ！」
「だって〜、危ないやん」
「なんでこうウチの男どもはろくでなしぞろいなの……」
そのかたわらでカグヤは、ソフィアに尋ねていた。
「で、おぬしはどうするつもりだ？　連絡しようにもオルファン殿は行方《ゆくえ》不明だが、話を聞くに《心臓》からあふれ出る魔力が危険だと伝えたかったのだろう？　それならもう魔王が出現したいまとなっては手遅れだ。手術をするにしろ、魔王を片づけるまではどこかに避難《ひなん》していたほうがよい……と言いたいところだが、おぬしのような娘がよく一人で旅ができたものだのう」
するとウィルも首を突っこみ。
「そうそう、ソフィアちゃん偉いよな〜」
「そんなことありません……。先ほどもみなさんにご迷惑をおかけして……」
と、ソフィアは恐縮《きょうしゅく》し、恥ずかしげに両手を振った。

「あないな悪党ども、くたばって当然なんや」
「いえいえ、そんなことないです。あの方たちは親切なところもあるんですよ」
と、ソフィアは細い手で握り拳《こぶし》を作り、なにが嬉《うれ》しいのか力説を始めだした。
「あの方たちは、山道を一人とぼとぼと歩いていた私に声をかけてくださいました。こんなところで女の子が一人では寂しいだろうと、お屋敷《やしき》に招待してくださったのです。とはいえ見ず知らずの私がそんな厚意に甘えるのも厚かましいと思いまして、お断りしたのですが、どうしても、と招き入れてくださるので……」
「そりゃ、拉致《らち》されたんやで……」
「よく乱暴とかされなかったわねぇ……」
にこにこと語るソフィアを見て、アリスとウィルは、彼女がなにもわからないまま盗賊団に連れてゆかれる様子が、その場に居合わせたかのようにありありと想像できてしまうのだった。
「乱暴といえば怪我《けが》をされている方が多かったので、お礼にと、魔法で手当てをしてさしあげようとしたのですが、屋敷が何者かによって爆破《ばくは》されてしまったのです。私は奇跡的に助かったのですけど、生き残ったみなさんが私を疑われまして……。私は違いますって言ったのですけど、もう逃げるしかなくて……それで、みなさんに助けて頂いたというわけなのです」
「おおかた敵対しとる別の盗賊団が爆弾を仕掛けたところに、たまたまぐーぜんソフィアちゃんが居合わせたってトコロやないか？」

「なるほど、そうですね。そう考えるとつじつまは合いますね」
ぽん、と手を叩《たた》いて、ソフィアは尊敬のまなざしをウィルに注いだ。
「にゃはは、照れるで」
「で、おぬしはどうするつもりだ？」
さっきも同じセリフを言った気がする。ぜんぜん話が進まない。
「お礼というわけではないのですが、私はこのように魔法《まほう》を使えますし、みなさんのお力になれるのではないかと……」
と、ソフィアは恐縮《きようしゆく》しながらも、ちょっと誇らしげにロッドと呼ばれる杖《つえ》の形をした魔道《マイ》具《ン》を見せた。柄の先には三つの大きな石がはめこまれている。それはソフィアが最大三つの呪《じゅ》紋《もん》を同時展開できることを意味していた。
万事につけて控えめな少女の、唯一の自信というところだった。
「魔法使いか。サイコーやないか！　大歓迎や。なぁ姉ちゃん」
「う～」
アリスは困った顔をした。ウィルは駆け寄ると小声で怒った。
「なんや姉ちゃん。女の子一人、山道に放っとく気か？」
「……アンタ、街まで降りたらバイバイする気じゃないんでしょ。仲間にしたいんでしょ」
「だって、ええ子やん」

「いい子だけど……なんか変人っぽいし……変人はアンタたちだけで充分だし……」
「姉ちゃんっ！」
「冗談よ。そりゃあ、あたしも力を貸して欲しいなって思うわよ。だけど、あたしたちこれから魔王と戦おうっていうのよ！　その上みんなからは魔王の手先扱いされて、相当やばい立場だし。彼女をそれに巻きこむ気？」
「ワイは巻きこんでもかまわんかったんかい！」
「言っとくけど、アンタの犯罪歴もいまやあたしたちの罪に含まれちゃってんのよ！」
「大丈夫やって。魔王を倒せば帳消し帳消し」
「そーいうノリでねえ、あたしたちは汚名で敷《し》き詰められた道をまっしぐらに走ってきたのよ」
いい？　こういうことなの！　と、アリスは説明した。

話し合い　↓　無実を証明できない　↓　捕まる　↓　処刑
戦わない　↓　捕まる　↓　無実を証明できない　↓　処刑
戦う　↓　負ける　↓　無実を証明できない　↓　処刑
戦う　↓　勝つ　↓　相手に死傷者が出る　↓　処刑

「一見、いくつも選択肢《せんたくし》があるように見えて、いまのあたしたちはなにをどーやっても立場が

悪くなるようにしかならない落とし穴にはまってるのよ！」
「いま頃《ごろ》わかったのか……」
アークは呆《あき》れていた。
「気づいてたの!?」
「で、なけりゃ、まだ満足に動けないルークが貴重な魔力《まりょく》を割いてまで、空に出現してべらべらと喋《しゃべ》ったりはしないだろ。人間のほうから俺《おれ》たちを追い出させて、自分のところにやってこさせようと仕向けてたんだよ」
「わかってたんなら、なんで教えてくれなかったの!?」
「話がもつれてバトルになったほうが、面白いし」
「こういうふうにか！」
と、掌底《しょうてい》、正拳《せいけん》、裏拳の三連打を喰《く》らい、アークは夢の世界へ飛んでいった。
「頼りないと思われるのでしたら、私、どこかでお待ちしていますから」
ソフィアは気後《きおく》れしたのか、胸に手を当てて、わずかにあとずさった。
「なに言うとんや。ソフィアちゃんは仲間にするで」
「でっ、でも……」
「襲《おそ》うてきた連中にでさえ魔法使うのをためらうんやろ？　それでどーやってこの先、いまより危険なとこを旅していくつもりなんや」

「う、それは……」
「遠慮《えんりよ》せんでええ。こう見えても姉ちゃんは冷たい人やないからな〜」
と、横目でちらちらとアリスを見やる。
「わーかったわよ！　その代わり、ちゃんと守ってあげるのよ！」
「まかしとき！」
「いいんですか？」
と、上目遣いでアリスを見る。
そのまなざしが遠慮と期待に揺れていたので、アリスは力強く「うん」と言った。
安心させてあげたかったのだ。
「あたしたちも魔法使いを捜していたところなの。もう警官《けいかん》と変態の目安はついてるし」
「おまえ、どーしても俺を変態役にしたいらしいな……」
「まあね」
アリスは意地悪な目で笑った。
「あの、では、お言葉に甘えさせてもらおうと思います、ですっ」
「やったあ！　ソフィアちゃん、一緒に楽しい旅をしよな〜！」
ウィルはソフィアの白い手をぎゅっと握り、何度も何度も振った。
「え、あ、はいっ。ウィルさんも魔法でできることでしたらなんでも私に申してくださいね」

「もちろんもちろん！」
「まー、ウチのメンバーは役に立たないことにかけては超一流だから、かえってあなたの足を引っ張っちゃうかもしれないけどね。あはは」
と、アリスは苦笑した。
「なにもしていただかなくても誰《だれ》かが一緒にいてくれるだけで、とても元気になれます。旅は一人でするより、そばにいてくれる人がいたほうがずっと楽しいです」
ソフィアは頬《ほお》を染めながら、本当に嬉《うれ》しそうに微笑《ほほえ》む。
「そうね。誰かがいてくれたほうが心強いよね」
安心しきった子供のようにあどけない素顔を向けるソフィアを見て、アリスは、ちょっとぐらい面倒が増えてもかまわないかな、と思うのだった。
「アリスはこのときの判断を、あとで激しく悔やむことになる」
「なに勝手なナレーションしてんのよ！」
アークはなにやら意味深な笑みを浮かべて、ニヤニヤするのであった。
「いやいやなんでも。ソフィアが仲間になれば、旅が楽しくなるなぁ、って思ってさ」
「あっそー、せいぜい仲良くしなさいよ。あたし関係ないし」
アリスはプイとむくれると、地図を開き、カグヤに空中庭園エルナ・デッセトリアまでの所要時間を尋ねた。フェザーリーブスを囲む山地を南に抜けると、ローズタウンに出る。その少

し西には巨大な魔法陣《まほう》が刻印された大地が広がっている――《運命の車輪《ホイール・オブ・フォーチュン》》だ。
目指すエルナ・デッセトリアは、その西に浮かんでいた。
「わらわに乗れば、ものの数時間で着こう」
「昼過ぎには着くわね」
「問題は、それで魔王が倒せるかってことだけど……」
と、アリスは人差し指を唇《くちびる》に当てた。悩むときの仕草である。
「できるんとちゃうか。ワイの《魔王剣》があるし、それがダメでも、姉ちゃんのハダカ踊りがあるやないか」
「ダメになれ～」
「アーク～～～ッ！」
「お役に立てるかどうかわからないんですけど、強力な爆弾《ばくだん》なら、持ち合わせがあるのですが」
「なんで魔法使いが、爆弾の持ち合わせなんかあるのよ……」
きょとんとするアリスをよそに、ソフィアはいそいそと爆弾を取り出した。
ボーリングの玉のような真っ黒い玉である。
「これが爆弾？」
「はい、『地獄爆弾』と言うそうです」
やな名前だ。

「どんな爆弾《ばくだん》なの？」
「さあ？　ものは試しです、一つ使ってみましょう」
と、誰《だれ》かが「おい待て！」と止める間もなく、ソフィアは爆弾を投げてしまった。
音はなかった。
爆弾が炸裂《さくれつ》した途端、どす黒い液体のようななにかが地面を覆《おお》った。
ゴゴゴ……となにかが崩れていくような地鳴りが、底から聞こえてきた。
思わず足下を見ると、地面が透けていくように薄《うす》く脆《もろ》くなってゆくのがわかった。
地鳴りは次第に大きくなっていく。
地中が崩れているのだ。
どこに向かって!?
「……なんて考えてる場合じゃない！　逃げるわよ!!」
と、アリスが足を踏み出した途端、その地面がボコっと抜けた。
アリスは見た。
地の底に広がる、暗黒と呼ぶのにふさわしい闇《やみ》を。
崩れ落ちる土が、底の見えない闇の中に消えてゆくのを。
まるで地球そのもののような広がりを持った暗黒を、アリスは見たのだ。
「ひっ……！」

とっさに手をつくが、その地面も抜け落ちた。
自分を支えるものがなにもない。
死ぬ、と思った途端、アリスはとっさにアークを見た。
「こっちだ！」
アークはアリスの二の腕をぐいっとつかんで、引き寄せた。
そのまま走る。
次々と崩れてゆく地面の上をあやうく駆け抜けた二人は、他《ほか》の三人を捜した。
ウィルとソフィアは、カグヤが抱えて空中に脱出していた。
大地は五〇メートルほどの真円を描いて溶け落ち、無限大の深さを持った闇をさらしていた。
もっともそれは一〇秒ほどの出来事で、闇が消えると、一帯は深さ二、三メートルほどの土砂がえぐり取られた状態となった。
「……いまのって、もしかして魔王界《ダークスフィア》に通じていたの？」
「まー、そうだろな」
腰が抜けて、へなへなと尻《しり》もちをついているアリスのところへ、カグヤたちが降りてきた。
「すごい威力でしたね！」
ソフィアは特に動じた様子もなく、むしろ感心しているかのような笑顔を見せた。
「あやうく死ぬところだったけどね……」

「よかったです。魔王《まおう》戦に使えそうですね、これ」
「死んでたら使えなかったけどね……」
なにか言いたいことがありげな目をするアリスであったが、ソフィアはまったく理解した様子もなく、善意にみちみちた笑顔で、もう一個の爆弾《ばくだん》を取り出したのであった。
「はい、一つは差し上げます。お役に立ててください」
「あ、ありがと……」
(ダメだ、この子は。なにを言っても通じない)
もはや笑うしかなかった。
「俺《おれ》が預かっといてやろうか？　重そうだし」
「ダメ。アークにだけは絶対に渡せない」
「なんでだよ」
「ロクなことしないに決まってるもの」
「まあ、その通りだが」
「否定してよ！」
するとウィルが口を挟《はさ》み、
「じゃあ、ワイが預かったるわ」
「まー、アークよりマシか……」

アリスは頭をかいた。
「いい？　魔王戦用の大事なアイテムなんだから、売ったりしちゃダメだからね」
「わかっとるで」
　そこへ、聞き覚えのある男の声が響《ひび》いた。
「頭《かしら》、アイツらです。アイツらが砦《とりで》を粉々にしやがった一味です！」
「てめえ、ジョニー！」
「誰《だれ》がジョニーだ！」
　勝手に名前をつけていたウィルに、ジョニー（仮）が目をむいた。
「貴様ら、ワシの舎弟どもをよくもかわいがってくれたのう」
　ジェロニモ（ああ、また勝手に名前をつけちゃった）は、もみあげと合体しているジャングルのような髭《ひげ》をさすりながら、ウィルたちの前に現れた。
　後ろには有象無象が数十人。でも八割方怪我《けが》人だったり。
　ウィルはソフィアをちらりと見て、親指をビッと立てると、自分では一番格好いいと思っている左斜め四五度の角度をつけて告げた。
「みんな、ここはワイにまかせて先に行ってくれ！」
　勝てると睨《にら》めば、どこまでも勇敢になれる男である。
「下手《へた》に生かしといたのが間違いやったな」

ウィルが抜刀のポジションを取った。
「見逃しても改心しないアホをまた見逃すほど、ワイはお人好しやないで、ジョニー！」
ひいいっ、とブルったジョニー（仮）があとずさるのを見て、ウィルはもう一度、あの技で連中をびびらそうと考えた。足をすくめてしまえば、こっちの思い通りに戦況を展開できる。
抜刀の剣風でものの四、五人吹き飛ばしてしまえば……。
「てめえらどないな目にあうか――、見せたるでッ！」
と剣を抜いた。抜いた途端に剣がすっぽ抜けてしまった。
と、思ったときにはもう遅い。《魔王剣《まおう》》はくるくると森の彼方《かなた》へ消えてしまった。
（チカラ入れすぎた！）
「しもうた……」
「いまだ、やっちまえ～ッ！」
どどどどど、と男どもが津波のように襲《おそ》ってきた。技などいらない。そのまま数の暴力で押さえつけてしまえば勝ちなのだ。
「ええい、こうなれば！」
と、ウィルはなにも考えず、懐《ふところ》に収めていた地獄爆弾《ばくだん》を地面に叩《たた》きつけた。
「わ、バカ！」
逃げるアリス。飛び出すカグヤ。

地面をぱっくりと割って現れた魔王界《ダークスフィア》の口は、ジェロニモ（仮）たちを瞬《また》く間に呑《の》みこんで消えてしまうのだった。
カグヤに拾いあげられていたウィルは、額《ひたい》に浮かんだ汗をぬぐいながら。
「ふー、危なかったで……」
「危ないのはおまえだ～っ！」
怒鳴るアリス。
「ウィルさんのお役に立ててよかったです」
ぽん、と手を打って、満足げに微笑《ほほえ》むソフィア。
「よくないわ～っ！」
また怒鳴るアリス。
「俺《おれ》に渡しておけば、こんなことにはならなかったのにねえ」
口元に手を当て、噂《うわさ》好きなオバサンのようにクスクスと笑ってみせるアーク。
「おかしい！　アンタら絶対におかしいわよ！　あたしを困らせてそんなに楽しい？　そんなに嬉《うれ》しい？　あたしがナニしたっていうの!?」
アリスは気も狂わんばかりに頭をかきむしると、暴れるようにわめきだした。
「まあまあ姉ちゃん、抑えて抑えて」
「なにが『《魔王剣》とは一心同体やから持っていかれちゃ困る』よ！　飛んでっちゃったじ

やない！　アンタを置いて飛んでっちゃったじゃない！　はっはっはーっ！　よくもまあ、そんな大事な剣をそんな簡単に放り投げたりできるものねえ。いい？　そりゃアンタは、しまった、の一言で済むかもしんないけど、《剣》があるとかないとかには、あたしの全人生がかかっているのよ！　わかってる？　アンタそれわかってる？　え、わかってる。わかってるって？

わかっててフザケてんのか——ッ⁉」

「く……首絞めないで……姉ちゃん」

　すると、アークがぼそりと言った。

「まあ、でも、運が悪いのは絶対幸運《クリティカルラック》の御利益《ごりやく》だな」

「なにが御利益なのよ！」

「死なない範囲《はんい》で不運が収まってるだろ？　ツイてないってのはそれだけ絶対幸運《クリティカルラック》が発動してるってことだ。いまのうちに不幸を貯金しとけば、そのうちいいこともあるって」

「貯金というよりは借金な気がするんだけど……」

　アリスはメンバーを見渡すと、がっくり肩を落とした。

「結局、がんばって仲間を集めたところで、変なのしか集まらない運命だったのね……」

「……まあ、伝説のメンバーに変態が入ってるような運命だしな」

　涙ぐむアリスに、ミもフタもない慰《なぐさ》めをするアークだった。

「ウィルさん、肘《ひじ》のところ切れていますよ、血が」

ソフィアに指摘されて、ウィルは右肘を上げた。
すぱっと皮膚《ひふ》が割れていて、だらだらと血が流れている。
「ん？　ホンマや。でもこの程度かまわんで。じきに止まるやさかい」
「私の魔法《まほう》で治させてください」
「ええよ。大したことないって」
「ダメです。万が一にもバイ菌でも入ったらどうするんです！」
メッ、と子供を叱《しか》るような目で睨《にら》む。
無警戒《むけいかい》に顔を接近させる彼女に、ウィルは息を呑んだ。
どこまでも黒く透き通った瞳《ひとみ》の虹彩《こうさい》が見えた。触れたらきっと柔らかそうな薄桃《うすもも》色の頬《ほお》が間近にある。優しくて、それでいて切なくなるような香りまでして、ウィルの頭は血液で爆発《ばくはつ》しそうになった。
「……じゃ、じゃあ、治してもらおっかな」
「はいっ」
嬉《うれ》しそうにうなずいて、ソフィアはロッドをかざした。
「ラララ　ルル　ララ……」
すると、
どっかあああん、と爆発が起こった。

ウィルは近くにあった巨木に頭から突っこんで、黒こげになっていた。
いっぽうソフィアはいくぶん髪が乱れた程度でなんともない。
「ウィルさん！　大丈夫ですか！」
「い、いま、ロッドから火の玉が炸裂《さくれつ》せんかったか……？」
「まあ、全身にひどい火傷《やけど》が。いますぐ私の魔法《まほう》で……」
どかあああん、とまた爆発《ばくはつ》が起こった。
息も絶え絶えに転がるウィルを見て、ソフィアは悲壮な決意を固めた。
「まあ、なんてことでしょう！　ウィルさんが死にそうです！　こうなったら私のあらん限りの魔力をこめた、究極最大の治癒《ちゆ》魔法で……」
「やめなさい」
すぱーん、とアリスが頭をはたいた。
「アリスさん、痛いです」
「ウィルが死んだらどーすんの！」
「そうです、私は死にそうなウィルさんをお助けしなければ……ラララ　ルル　ラ」
「だから、やめなさい！」
すぱーん、とアリスが頭をはたいた。
「アリスさん、痛いです」

「なんで攻撃《こうげき》魔法を使うのよ！」
「私が治癒魔法を使うたびに謎《なぞ》の爆発が……」
「謎の爆発じゃないでしょ！　どう見てもアンタのロッドから爆発が起こってるでしょ！」
魔法使いは自分の魔法で死ぬことはない。呪紋《じゅもん》の中に、術者を守るバリアの形成も含まれているからだ。
そして爆心地にいたソフィアはぴんぴんとしていて……。
「アンタは治癒魔法を使ってるつもりかもしんないけど、現実には火の玉が炸裂してんのよ」
そう言ったところで、アリスははたと気づいた。
治癒魔法を使おうとしたら、攻撃魔法が炸裂し。
治癒魔法を使おうとしたら、盗賊団の砦《とりで》が爆発した。
つまり……追われる原因を作ったのはソフィアで……。
「……ね、ねえソフィア。あの人たちって本当に盗賊団だったの？」
「鉱山の炭鉱夫と申してましたけど……」
「それを早く言え～ッ！」
別にソフィアは狙《ねら》われていたわけでなくて……。
罪もない炭鉱夫の男たちの小屋を魔法で破壊《はかい》したのはソフィアで……。
あたしたちはそんなソフィアを助けて、彼らを魔王界《ダークスフィア》に突き落として……。

そしてアークは、アリスを奈落の底へ突き落とす言葉を告げるのだった。
「結局、がんばっていいことをしたところで、罪を増やすだけの運命だったんだよな」
「いやあああああああああああああああああっ！」
両手で耳をふさいでアリスは絶叫した。
かたや、あっけらかんと笑顔を浮かべたソフィアは、ぽん、と手を叩《たた》き。
「まあまあアリスさん。深いことは考えずに前向きに行きましょうよ」
「お願いだから、ちょっとは考えて……」
膝《ひざ》をつき、敗北者のように手をついて、がっくりと頭《こうべ》を垂れるアリス。
背中でアークがけらけらと笑っていた。
「な、ソフィアを仲間にすると旅が楽しくなるだろ？」
「そういう意味だったのね……」
アリスはどっと疲れた。勝手に勘違いしていた自分が愚かしいという意味もあったし、知っていたくせに警告《けいこく》の一つもしてくれないアークへの恨みつらみもあった。
だが、彼女の胸の中で脈打つ黒い心臓は、悲嘆にくれる彼女の気持ちなどおかまいなしに、次なる災難を呼びつけるのであった。
「見～つ～け～た～ぞ～っ！」
「ジャスティっ!?」

「えらく早い復活だな」
「貴様の高イビキが聞こえてきてな、すぐに目覚めたんだよ！」
テンションが高いところを見ると、魔王《まおう》に乗っ取られてはいないようだ。
坂道の頂上に立つジャスティファイアの後ろには、いろんなところの男たちが顔をそろえていた。
「よくもフェザーリーブスを粉々にしてくれたな！」
「オレたちの村も壊《こわ》しやがって！」
「頭《かしら》を返せ！」
アークは困ったように頭をかいた。
「まいったなー、キミたちはいったい誰《だれ》を捕まえたいんだい？」
「全員だ～～～ッ！」
「やっぱり？」
回れ右をして逃げ出すアークたち。
目ざすエルナ・デッセトリアは、眼下に広がる車輪の大地の向こうに浮かんでいた。

第5話

「愛、ごちゃごちゃ」

隕石孔《いんせき》とはまた違う。
その巨大な穴は、判子を押しつけたように垂直に落ちくぼんでいた。
深さにして一〇〇メートル。直径にして一〇キロ。半径にして五キロ。円周にして一〇π《パイ》キロ。円周率はおよそ三。とにかく巨大な魔法陣《まほうじん》が、穴の底に描かれていたのである。
しかも、それは回転していた。
この二〇〇〇年もの間、ゆっくりとゆっくりと回り続けているのである。
それはいったい、なんのために?
かつて、この穴は魔王界《ダークスフィア》へつながる巨大な暗黒であったと言われている。
魔王が行き来することのできる門であったというのだ。
ところがそれは、二〇〇〇年前に封じられてしまった。
長さ五〇キロにも及ぶ巨大なネジを打ちこんで、穴をふさいでしまったのである。
ネジの頭にあたる部分が魔法陣であった。
ぐるぐると回っているのは、地球の自転でゆるんだぶんを締《し》め直しているのだとされている。
かつて魔王たちに六度滅ぼされた人類は、その魔法陣を《運命の車輪《ホイール・オブ・フォーチュン》》と呼んでいた。
アリスたちがいま、目の当《ま》たりにしている魔法陣は、世界に七つある《運命の車輪《ホイール・オブ・フォーチュン》》の一つ、フィフス・トランペットであった。
つーか、崖《がけ》っぷちに追い詰められているだけなんだけど……。

ジャスティは数にものを言わせてアークたちを左右に取り囲み、あたかも絞殺を楽しむ殺人者のごとく、細首にかけた包囲の輪をじわじわと狭めていった。
空に月はない。カグヤが大蛇《だいじゃ》になることはできない。
ジャスティは勝利を確信した者だけができる笑みを浮かべながら、彼らに近づいていた。
「アリスさん、いますぐお助けしますよ。バカどもを始末して」
アリスの目に真円の銃口が映った。その持ち主の殺意とともに。
アリスは背筋に冷たい汗が流れ落ちるのを感じた。
と、いうのも……。
「魔王退治の肩慣らしに、剣の錆《さ》びにしてやろやないか」
「地獄爆弾《ばくだん》で片づけちまうとかさ～」
「ソフィア殿に魔法を使ってもらうという手もある」
背中のほうから不穏《ふおん》な話し声が聞こえてきたからだった。
肩越しに振り向いて、ギロリと視線のビームをぶつける。
「……ゆっとくけど、全部禁止よ」
するとソフィアが授業中のような挙手をして、言ってきた。
「あのあの、私、相手を眠らせる魔法とかも使えますよ」
「乱暴なことはしたくないの」

「ですから私、攻撃魔法《こうげきまほう》ではなくて相手を眠らせる魔法を……」
「あんたが使うと、なにからなにまで攻撃魔法になりそうな気がするんだけど……」
「やってみなければ結果なんてわかりませんよ」

「そんな魔法は使わないで」

「そうですか……」
しょぼんと眉《まゆ》を落として、ソフィアは引き下がった。
「じゃあじゃあ、オレの《他爆装置《たばくそうち》》は？」
「絶対にダメ！」
なんだかワイワイとにぎやかである。
「なんでそんなに和んでやがるんだ貴様ら〜〜〜ッ！」
「だっておまえ、弱いじゃん」
一度たりともオレに勝ったことがないくせに、とアークはつけ加えた。
「やめなさいよアーク、失礼でしょ。あたしたちはならず者じゃないんだから、むやみに弱い者イジメとかはしないの！」
アリスが一番失礼なことを言っていた。
「ア、ア、ア、アリスさんまでそんな！　やいアーク！　じゃあ勝ってやろうじゃないか。い

ますぐこれからこの場所でな！　おい、者ども、かかれ〜ッ！」
おおおおーっ、と男たちが雪崩《なだれ》を打ったように飛びかかってきた。
「もー、余罪が増えちゃうから戦いたくなかったのに……」
と、アリスはアークたちにしぶしぶ目配せを送った。
「いいの、アリス？」
「もうやけくそよ。毒を食らわば皿《さら》までよ」
「だってさ、ウィル」
「りょうかーい」
と、アークとウィルは視線を交わし合うと、行動に出た。
アリスの背中に回ったウィルが、彼女のシャツをめくりあげ、一呼吸。
ボッ、とアリスの顔が染まって《刻印》が浮かびあがった瞬間《しゅんかん》、
前に回りこんだアークが、彼女の胸に呪紋《じゅもん》を描きこんだのである。
刹那《せつな》、アリスの胸元が光り輝《かがや》き、壁《かべ》のような波動が男たちを吹き飛ばした。
「こらーっ！　誰《だれ》がコレにしろって言ったの！　あたしは戦いを許可しただけでしょ！　しかもアンタたちなんでそんなに息が合ってるのよ！」
「いえーい」
目がエロ星人のアークとウィルはハイタッチをすると『それが男ってものさ！』的な笑みを

浮かべて、親指を立てるのだった。
「もー、ばかーっ！」
どかん、と大きな土煙が立った。
アリスの暴走ではない。ジャスティが最大出力で撃《う》とうとしていた魔法《まほう》が、衝撃波《しょうげき》に弾《はじ》き飛ばされて、地面に命中したことによるものだった。
地表に幾筋もの亀裂《きれつ》が走る。
ここは、崖《がけ》だ。
アリスたちは足下が崩れ去り、空中に放り出されてしまうのだった。
——というか、有象無象みんな。
「うあああああああああああああああああああああッ！」
誰《だれ》が誰ともつかない悲鳴のユニゾンが、盆地にこだました。

「もーっ、またボタンが取れちゃったじゃないの。ブレイクウッズで買ったばかりなのに」
先を歩くアリスは、右手で左右のシャツをつかみながら、押しこむように胸元を隠していた。
「だからTシャツとかにしとけって言ったろ」
「なんでわざわざあたしのほうから、脱がされやすい服を着なくちゃなんないのよ！」
「あー、でもシャツよりはニットのがいいかな。ほら、冬に着るタートルネックのセーターーっ

てさ胸のラインがくっきり出てて、すっごいエッチだろ～っ」
などと手でボディラインを作ってみたりしながら、アークは後ろをついていく。
「……どーせ脱がすんだったら、なに着てても同じでしょーが」
二人が落ちたのは、魔法陣の外縁《がいえん》部分、回転する大地と崖の隙間《すきま》にある迷路のような岩地であった。一〇〇メートルはする絶壁《ぜっぺき》を落ちたはずなのだが、奇跡的にも崩れた塊の一番大きなものが二人の真下にあったおかげで、土砂がちょうどクッションになって助かったのだ。
他《ほか》のみんなとは散り散りになっていた。
カグヤは人の姿でも飛べるので問題ない。ウィルを拾ってくれているのを願うのみだ。
ソフィアは、まあ、あの娘のことだから自分でなんとかしてるだろう。
というか他の誰かを助けようとして、余計な犠《ぎ》牲《せい》者を出してしまうことのほうが心配だった。
「でもさー、どっちにしろ恥ずかしがらないと《刻印》出せないんだからさ。脱がされないとしても似たようなことをするしかないんだぜ。しょうがないじゃん」
あのねえ、とアリスは振り向いて、アークの額《ひたい》を指で突いた。
「一〇〇万歩譲《ゆず》って、あたしの身体《からだ》が呪紋《じゅもん》に使われることはアークの言いぶんを認めるとしてもよ。ジャスティさんは赤の他人じゃないのよ。裸見られるなんてイヤに決まってるじゃない！」
「見ず知らずの人間のほうがイヤじゃないのか？」
「当たり前でしょ。二度と顔合わせなくて済むんだから。……裸なんか見られたら、そのあと

どうやってつき合っていけばいいのよ。だからあたしはアークに見られるのもイヤなの」
アリスはわずかに頬《ほお》を染めた。
「そーいうもんか～」
「わかった？」
わかった、とアークはうなずいた。
アリスにとってジャスティはつき合いたい相手だから、裸を見せることがことさら恥ずかしいのだと、アークは受け取ったのだ。
全然わかってなかった。
「ジャスティは喜ぶと思うな～」
「それでアークは嬉《うれ》しいの!?」
「そうだな。アリスの笑顔を見ることが俺《おれ》の喜びだ。ふふふ」
顎《あご》に手を当てて、シリアスに言う。
アークがマジメな顔をしているときは、不マジメなときなのだ。
「はいはいそーですか。よくゆーわよ、人をこんな身体《からだ》にしておいて……」
と、アリスは思いっきり白けた。
「責任取ろうか？」
「え……」

アリスは目が点になった。いつの間にかアークはマジメでも不マジメでもない普通の目をしていたのだ。
「魔王《まおう》でもいいよ、オレが一生面倒みてやるよ」
アリスはこれ以上ないほど目を開いてアークを見た。そしてじっと彼を見つめている自分に気づくと、あわてて目をそらして、うつむいた。
「ほ、本当……？」
「ああ、貴重なサンプルとして……」

「実験動物か〜っ!?」

アリスの拳骨《げんこつ》は、アークの顎《あご》を見事に下から上へと打ち抜いて、彼を華麗《かれい》なお空の星にした。
「死んじゃえ、バカ！」
一人きりになったアリスは肩を怒らせながら、のしのしとその場を去った。
上から見たときは、幅が一〇〇メートルほどしかない岩場だと思っていたのだが、実際に歩いてみると、高低があって視界が狭い。とりあえず崖《がけ》とは反対方向に歩いてみるものの、切り通しのように割れた岩の隙間《すきま》やら、落石によってできたトンネルをくぐっているうちに、自分のいる位置がわからなくなってしまった。
けれども、いまのアリスの脳裏には、みんなと合流しなければとか、どちらの道が正しいの

かというような思いはまったく浮かんでこなくて、あるのはただメラメラとした感情だけで、その炎にまかせて足を進めているにすぎなかった。
握り拳《こぶし》でずけずけと歩く姿には可憐《かれん》さのかけらもない。
そんなことは彼女自身よくわかっていた。
怒りのおもむくままに相手を殴り飛ばしたりしていると、はた目には自由奔放に生きてるように見られてしまうのだが、当の自分はすごくミジメになるときがある。
たとえば、そう、いまとか。
自分がすごく子供っぽく思えて仕方がないのだ。
昔は、怒りながらもけっこう楽しんでいたと思う。
ふざけたりからかったりされるのは、好意が伴っていればそれなりの愛情表現だし、自分自身、かまわれるぶんには楽しいと思う気持ちがどこかにあった。特に男の子に対しては、そういうミもフタもないコミュニケーションのほうが、照れもなく接することができて便利だった。
けれども一六にもなると、それだけではなんだか物足りない。
相手に優しく接したいし、自分も優しく扱われたい、という気持ちが芽生えてくるのだ。
けれども、まわりの人間は誰《だれ》も気づいてくれない。
これまで通りに、昔のまんまに、おつき合いだかどつき合いだかわかんないようなコミュニケーションを求めてくるのだ。

それでついついあたしも怒ってしまう。
感情に素直と言えば素直なのだが、それはあたしの理想ではない。
それで、いまみたいにからかわれると、みんなで寄ってたかって、あたしのかわいくない部分を引きずり出そうとしているような気がして、同レベルで怒るあたしもすごく子供っぽくて、自分で自分を理想から遠ざけている気がして、どうにも不愉快になってしまうのだ。
けれども、どうしてそんなふうに変わりたいと思うようになったのかという動機に突き当たると、いつもアリスは考えるのを避《さ》けてしまう。
怖いのだ。
踏み出すことで大事なものが壊《こわ》れてしまいそうな気がして。
心のどこかで、まだしばらくは男も女も関係のない、子供の世界で楽しんでいたいと思っているのかもしれない。だから怒ることに逃げているのだ。
(なんてかわいくないんだろう)
アリスは嫌《いや》な気持ちになって、それを振り払うように首を振った。
「――とにかくアークが悪いのよ。お父さんと二人してバカなこと考えて……。なんであたしがこんな泥《どろ》だらけになったり、痛い思いをしなくちゃならないのよ。まったく」
その近くをジャスティが歩いていた。

彼は単に身体《からだ》が頑丈《がんじょう》だったから生きていたりした。
一〇〇メートルの高さから岩に激突したのだが、平気だったのだ。
いてててて……と、別に魔法《まほう》の呪文《じゅもん》でもなんでもない言葉をつぶやきながら痛む場所をなでてしまうだけで、彼はあっさりと立ちあがれてしまったのだ。
もっとも、右手はあらぬ方向に曲がっていたけれども。
そんなジャスティの目の前にアリスは現れたのだ。
とっさに逃げようとするアリス。ホルスターに右手をやるジャスティ。
しまった！　とジャスティは右手を見て、顔を歪《ゆが》めた。
「これでは銃が握れない！」
「違うでしょ！」
敵味方の枠を越え、つっこまずにはいられないアリスだった。
自分でも悲しい性《さが》だと思った……。
「すみません。事態が事態とはいえ、キミに銃を向けた、こんな私に」
「気にしないで。お互い様よ。ジャスティさんだって毎日お見舞いに来てくれたでしょ」
彼の首に三角巾《さんかくきん》を結びながら、アリスは言った。
するとジャスティが困った顔をしたので、

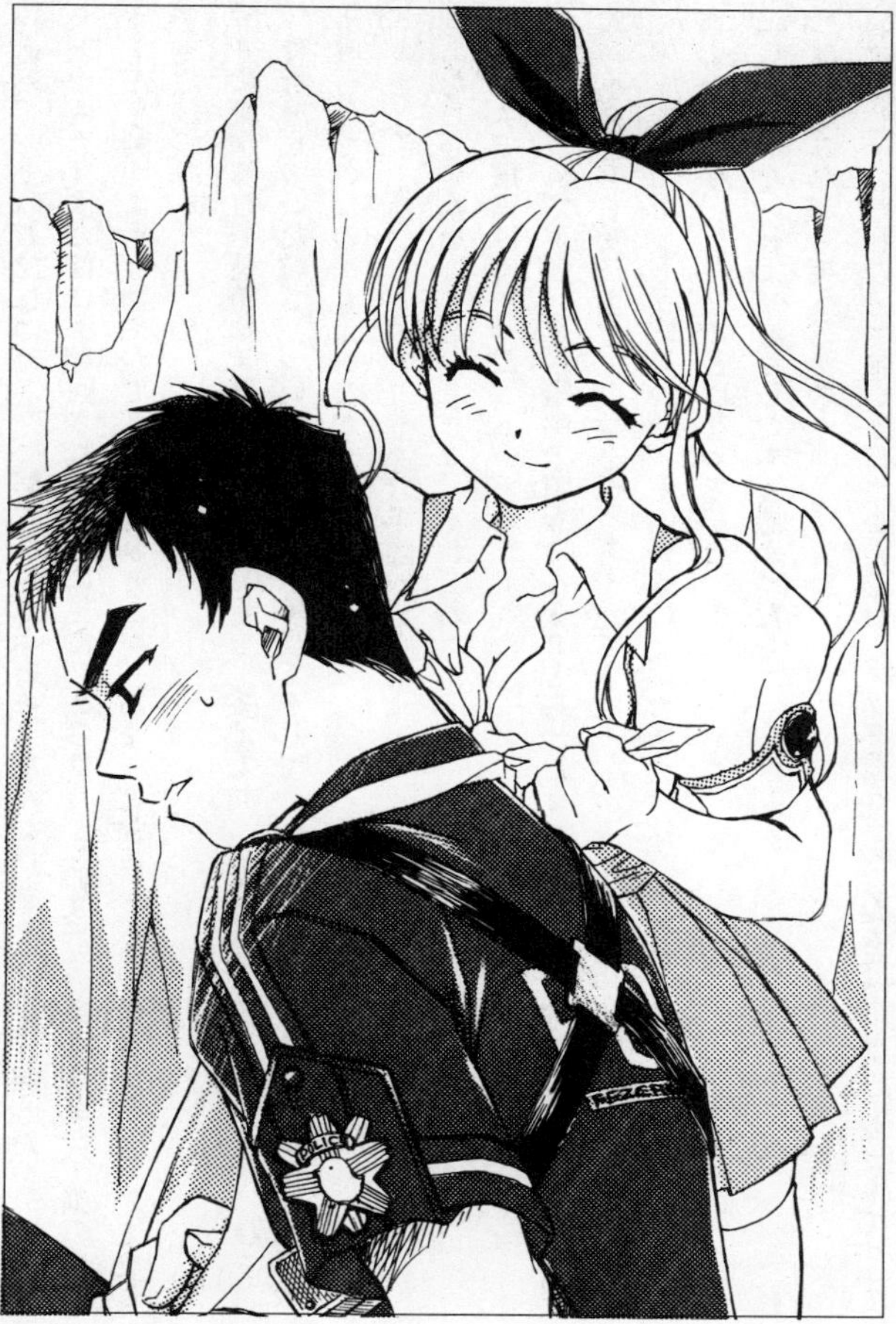

「まあ、いまのあたしはアークに肩入れするニセモノなんだけど……」と、笑った。

ジャスティは、首に手を回されたときに見た、さらさらとした金髪の繊細《せんさい》さとか、脳の奥をずーんと刺すような穏《おだ》やかで切ない香りとかが、あまりに愛《いと》おしくて、すっかりうろたえてしまったのである。

その純情らしい仕草にアリスは懐《なつ》かしくなり、安心した。

骨折をしていたので、ついなにも考えず手当てをしてしまったが、彼はまた魔王《まおう》に身体《からだ》を乗っ取られていたのかもしれなかったのだ。

「ええと……あの、その、ううん。手際がいいですね」

「あたしも怪我《けが》をよくしたでしょ。それでね」

アリスの措置は早かった。

「はい、これでよし、と。子供の頃《ころ》もこんなことあったよね。あたしを守ってくれようとして、鉄パイプを手で受け止めて、骨を折っちゃって……」

アリスが懐かしそうに笑った。その笑顔に、ジャスティは心を奪われていた。

「すみません。こんなことになってしまって」

「しょうがないわよ。あたしたちも悪かったし」

はにかみながら笑うアリス。

「私がしゃにむになって追いかけていたのは、アリスさん、あなたを守りたかったからですよ」

誠実なまなざしで語るジャスティがあまりに真剣だったので、アリスはどきりとした。
「……ごめんなさい」
「どうして謝《あやま》るんですか？」
「だって、警官《けいかん》の仕事を果たそうとしたジャスティさんに、いろいろひどいことしちゃったから」
「それこそお互い様ですよ」
でも……、とアリスが見あげる。
ジャスティは燃えるようなまなざしをアリスに向けていた。
アリスは心臓の音が聞こえてくるぐらい自分がどきどきしていることに気づいたのだが、嬉《うれ》しい半面、困ってしまって、どんな顔をしてよいのかわからなくなった。
「魔王の一味ということになれば、どんな目にあわされるかわかりません。私に逮捕されてください。私が守ります」
アリスは口をつぐんで、少し考えて、ごめんなさいと頭を下げた。
「いまはまだ逮捕されるわけにはいかないんです。わかってもらえないと思いますけど、しなくちゃいけないことを全部やり終えたら、ちゃんとお話できると思います」
「アリスさんに、渡したかったものがあるんです」
と、ジャスティはウエストポーチから、手のひらに収まるサイズの箱を取り出した。

それを見た瞬間《しゅんかん》、アリスは心臓が止まるほどびっくりした。
「ジャスティさん、これ……」
「一六といえば、結婚のできる歳《とし》ですよ」
右手がふさがって開けられないから、とジャスティは、中を見て欲しいと言った。
「い、いいい、いいんですか？」
こくりと、ジャスティはうなずいた。
アリスはひどくうろたえたようにぎくしゃくとしながら箱を開けた。
そこには、大きさこそ小さいが青く光る宝石を冠した指輪があった。
「誕生日《たんじょう》に渡そうと思っていました」
先を越されたくなかったから、とジャスティは笑った。
「あ、あの、その……」
アリスはうつむいてしまい、人見知りの激しい子供みたいに、箱に入ったままの指輪をのせた両手の上で、もじもじと親指をこねくり回した。
「私と、結婚してください」
アリスはハッと息を呑《の》んで、ジャスティを見た。
答えは一つしかなかった。
ただ、一言……。

「うん」
と、うなずいたのはカグヤだ。離れたところの空に浮かんでいる。
「確かに見えるぞ。ここから少し先のところにアリスと、あの男が一緒におる」
「ジャスティか」
地上でつぶやいたのはアークだった。
「仲良く座っておる。モメてはいないようだ。なにがあったのかのう」
誤解が解けたんだろ、とアークはあさってのほうを向いて答えた。
「もともとアイツら仲がいいからな」

あさっての方角にあったのは、一対の歯車であった。
その片方は、石よりも純粋な黒い金属でできていた。人一人ぐらいの直径があり、大人の膝《ひざ》ぐらいまでの厚さがある。近づくと、地上からわずかに浮きあがっていることがわかった。
その金属はもう一つの歯車を回していた。全長一〇キロもする巨大な魔法陣《まほう》《運命の車輪《ホイール・オブ・フォーチュン》》である。島ほどの大きさはある魔法陣はなんと一枚岩でできていた。二つの歯車はがっしりと噛《か》み合い、石臼《いしうす》をひくような音をごうごうと立てながらゆっくりと回っていた。
巨大なネジと、大地の間にはわずかながら溝がある。塵《ちり》を舞いあげていることから、地下から空気が噴《ふ》き出していることが見てとれたが、カグヤの目には別のモノが見えていた。

「アーク殿、これは魔力《まりょく》か？」
「ああ、魔王界《ダークスフィア》からもれている魔力だ」
「これほどの濃度《のうど》の魔力が魔法陣全体から噴《ふ》き出せば、それだけでこの世界の全魔力を軽く凌《りょう》駕《が》するのではないか？」
「だからルークは壊《こわ》したいのさ、コレを」
と、アークは黒い歯車のほうをコンコンとこづいた。
ひどく懐《なつ》かしそうな目をして二〇〇〇年前からの遺物《いぶつ》を見ていることに、カグヤは気づいた。
アークは時折《ときおり》、底の見えないときがある。そこがカグヤの興味《きょうみ》を引くのだが、アークの人間離れした言動は、文字通りそういうコトなのではないかと、カグヤは思い始めていた。
「壊すのは魔法陣のほうではないのか？」
「そっちはアンテナみたいなもので、ホントの封印はこっちのほうなのさ」
「どうやれば壊せるのだ？」
「アリスの呪紋《じゅもん》とか、ウィルの《魔王剣》ぐらいなら破壊《はかい》できる。だから奴《やつ》は狙《ねら》ってるんだろ？この魔界孔を開いちまわないことには、アイツも本体と合流できないからな」
「本体？」
「まだアイツは本体を持って来れてないんだ。連中にとって魔力は空気みたいなもんだからな。先にこっちを魔力で満たさないことには話にならない」

オレならそうするからな、とアークはつぶやいた。
「………」
一つだけ質問をしてかまわぬか、とカグヤは尋ねた。
「封印したときにこちらにいた魔王はどうなったのだ。身体《からだ》を維持できなくなるのであろう？」
アークは頭に手をやり、遠い目をした。
「いろいろあったさ。自分の身をアイテムに封印して魔王兵器《フォービドン》となったヤツとか、あるいは人間とインカーネイトしたヤツ。こういう手合いは性懲《しょうこ》りもなく地上を支配しようとして、倒されちまったがな。あと魔王の身体を捨てて人間になるってのもいたな。まあ魔王なんて不老不死だし、生きてるのに飽きた連中は消滅を選んだよ」
「もう一つだけ質問してかまわぬか？」
「ああ」
「おぬしは、どうして生き残ることにしたのだ？」
「ごめんなさい」
アリスは深々と頭を下げた。
「今日はそればかり言われてるな」

ジャスティは苦笑した。

こういうときこそ怒って欲しいのに、とアリスは思った。

許されたほうが心が痛いこともある。

「……ジャスティさんはいつも笑顔だから、一緒にいるとあたしも楽しくなれました。ジャスティさんはいつも優しくて、あたしをちゃんと扱ってくれる人だったから、とても大好きだったし、びっくりしたけど、嬉《うれ》しかったです。でも……あたしが二人いたら……ごめんなさい。あたし、なんかひどいコト言ってる……ホントに」

なんとかジャスティをフォローしようとして、余計に傷口を広げていることに気づいたアリスは、しゅんと肩を落とし、ニセモノだと思われても仕方ないかもしれませんね、と申し訳なさそうな顔で言うのだが、ジャスティは首を振った。

「本物ですよ、あなたは」

「でも……」

「私も、本当のアリスさんなら断るだろうなって思ってました」

寂しげに笑う。

「……ジャスティさんは、とてもいい人だと思います」

「アリスさん、それは体《てい》のいい振り文句ですよ」

ハッと口を手でふさぐと、アリスはますますしゅんと肩を落とした。

「ご……ごめんなさい」
「元気を出してください。フラれた上に悲しい顔をされてしまったら、踏んだり蹴《け》ったりだ」
そう笑って、ジャスティは立ちあがった。
だが、ぐらりとよろめいてしまい、アリスがかばいに入った。
「だ、大丈夫ですか？」
「けっこうショックだったみたいです。ははは……」
するとだ。
「あ〰〰ッ！　おまえらいつの間にそんな関係に〰〰っ!?」
すびしっ、と人差し指を突きつけて、大きな口を開けたアークが現れた。
カグヤと坂道をのぼってきたアークが見たのは、倒れかけたジャスティを支えようと、アリスが向かい合うように抱きかかえている姿だった。
体格の差もあって、アリスはけっこう必死で踏ん張っていた。
言われてみれば、熱い抱擁《ほうよう》と言えなくもない。
気づいたアリスはバッと離れて、それでジャスティはコケそうになってしまった。
「こ、これはジャスティさんが倒れかけたから……！」
「いいよ言い訳なんて。でも驚《おどろ》いたなア。まさか二人がキスなんて……」
「き、きすぅ!?」

驚《おどろ》いたのはアリスのほうだった。
アークの歩いてきた角度からは、ちょうど二人がキスをしているように見えたのだ。
「し、してないっ!!」
アリスはぶるんぶるんと首を横に振った。
「そんなに興奮《こうふん》しなくたって、隠しておきたいなら見なかったことにしといてやるよ」
「だから、キスなんかしてないんだってば！」
「わかったよ、し・て・な・い。そういうことにしとけばいいんだろ」
「違ーう！」
「そこまでムキになるところを見ると、さてはファーストキスかぁ？　にひひ」
アリスは頭がくらくらしてきた。
よりにもよってアークに、他《ほか》の男の人とキスをしたなどと勘違いされてしまうとは。
最悪だった。最悪中の最悪だった。
「アーク、おまえはあいかわらず、アリスさんの言うことを聞かないな」
ジャスティに言われて、アークはアリスの手にしているモノを指さした。
「その指輪は誰《だれ》のだよ」
「私があげたものだが」
「ほら、やっぱりな」

アークはふてくされたように言った。
(なんでこうなるの……)
アリスは頭を抱えた。
「あーあ、うらやましいなー。オレも誰《だれ》かとぶちゅーっとしたいな～」
「だから、あたしはしてないって言ってるでしょ!」
なんだか浮気をしたのしてないのと揉《も》めるカップルの痴話ゲンカのようである。
なにを思いついたのか、カグヤはニヤニヤと顔をゆるませた。
「こうなったらアリス殿がキスをしてやればよいではないか。誤解も解けて一石二鳥であろう」
アリスは一瞬《いっしゅん》で顔に火をつけた。
「で、できるわけないでしょ!」
「そりゃ悪いだろ、ジャスティに」
「そうじゃなくて～!」
アリスは両手をグーにしてアークを睨《にら》みつけた。アークはアークであさってのほうを見て、
「あーあ、誰でもいいからオレも熱いキスがしてーよ」と、ぼやく。
「だ、誰でもぉ?」
「アーク殿はこう申しておるぞ」
「誰だっていいんでしょ、カグヤがしてあげればぁ?」

アリスはムスっと口をへの字に曲げていた。
こうなるともう、どうにもならない。
やれやれ、とカグヤは肩をすくめると、
「では、わらわで我慢しろ」
と、アークを抱き寄せようとしたときだ。
「まったく貴様というヤツは、アリスさんの気持ちを考えたことがあるのか！」
ジャスティが二人の間に割って入ったのだ。
「はぁ？」
ジャスティはいったいなにを言いだすつもりなのか。びくっとなって、アリスは足を止めた。
「そうやって口をぽかんと開けているところを見ると、まったく気づいてないようだな。目の前で他《ほか》の女性とキスをしようとは。それでアリスさんがどれだけ傷つくと思っているんだ」
「ちょ、ちょっとジャスティさん、なに言ってるんですかっ!?」
頬《ほお》を赤くしたアリスが、ずかずか戻ってきた。
「だいたいおまえは、普段からアリスさんへの態度が無神経すぎるのだ。失礼なことばかり言い、しでかすことと言えば変態的なことばかり。おまけに他の女性にはデレデレしおって。そんなおまえの態度に、これまでアリスさんがどれだけ小さな胸を痛めていたか……」
「いまはおっきいよ」

「そーゆうふうにもてあそぶから傷つくんだよ！」
ジャスティは、いまいましそうに吐き捨てた。
「って、なんで私がこんなことを貴様に教えてやらねばならんのだ！　まったく」
「おまえも傷ついてるの？」
「当たり前だろう！」
「全部俺《おれ》のせい？」
「そうだっ！」
「知らなかった……。好きな相手が目の前で誰《だれ》かといちゃいちゃしてたら傷つくよな～」
と、アークはまじまじとアリスに目を向けた。
「ちょ、ちょっとアーク？　ジャスティさんの言うことはねえ、あの、あのあのあの」
あまりにも素直な目で見つめられてしまったので、どきどきし、アークが心の中で考えていることが気になって、さらにどきどきし、これからなにを言いだすかと思うと、もっとどきどきし、アリスは違う違うと両手を振ったり、ろれつが回らなかったり、あわてふためいてすっかり意味不明になってしまうのだった。
「やっとわかったか？」
ジャスティはやれやれとため息をついた。
わかった、とアークは驚《おどろ》きの真実にいくぶん動揺を見せながら、ゆっくりとつぶやいた。

「おまえ、俺《おれ》のことが好きだったんだ」
その言葉にアリスは真っ赤になった。
ところがアークはジャスティを見つめていて、
「おまえ、実は俺のことが好きだったんだな……」
「違うわ！」
「だから俺がアリスとかに手出ししてるといつも怒ってたんだ」
「貴様は**バカ**か！」
「照れるな」
「照れるな〜〜〜ッ！」
アリスは死んでいた。
死人のように、真っ白になっていた。
バカだ、バカだとコトあるごとに言い続けてもきたし、思い知らされもしてきたが、
まさかこんなに**バカ**だとは。
ひやひやどきどきした自分こそバカそのものだ。
（でも、アークがバカで助かった……）
ホッと胸をなでおろしていると、かたわらでジャスティが、
「まったく……貴様ははっきり言ってやらんとわからんようだな。アリスさんはだな……」

「やめて――――っ！」
アリスは悲鳴をあげた。
「コイツには言ってやらんとわからんのです」
「ジャスティさん、誤解してます！　あたしは別にっ！」
「おまかせください。アリスさんのことなら誰《だれ》よりも知っているつもりです」
「だったら、そっとしておいて！」
しかしジャスティは、それを照れ隠しと受け取ったのか。
「いいか、アーク。アリスさんはおまえのことを……」
「俺のことを？」
「聞かないで〰〰〰ッ！」
と、ブッ飛ばされたのはアークだった。
ごめん……、とアリスは思った。

その頃《ころ》、ウィルは一対の歯車の前に立っていた。
感慨深げな目で、眼前に広がる地上絵ともいうべき《運命の車輪《ホイール・オブ・フオーチュン》》を見やる。
「長かったよ……コイツを破壊《はかい》するのに」
その声は、ウィルのものではない。

愛《いと》おしげな手つきで黒い歯車の表面をなでる。だが、そのまなざしは憎しみそのものだ。
「あの村で最初に見かけた人間が《魔王剣《まおう》》の持ち主とはツイてたな。その上、魔界孔のすぐそばで気絶してくれるなんて、まったくできすぎた展開だ。まるですべてがボクのために準備された物語だね！」
言うまでもなく、彼は魔王を統べる王ルーク・ザ・ルーツである。
ルークはこみあげてくるものを我慢することができなくなり、笑った。
それもそうだ。この封印に一刀を振りおろせば、すべてが終わるのだ。
いや、彼にしてみればここから始まるのだろう。
「こんなあっけなく魔界孔を開くことができるんだったら、なにも準備に二〇〇〇年もかけることなかったよ、ククククク」
彼は背中の鞘《さや》から《魔王剣》を引き抜いた。
魔界孔さえ開いてしまえば思うがままだ。魔王界《ダークスフィア》に残してある本体を引きあげれば、この世界でも自由に動けるようになる。もう小娘の《心臓》など必要ない。
もっとも、これまでの仕返しはしておかないと気が済まないが。
「ボクの勝ちだ！」
剣を振りおろそうとした、そのときだ。
「ぎゃああああああああああああああああああ──っ！」

アリスにブッ飛ばされた愚かな男が激突したのである。
剣は歯車を叩《たた》くことはなく、魔王の手を離れて大地を打った。
「くぉら……！」
怒鳴りかけて、それがアークであることに気づき、彼は沈黙《ちんもく》した。
（マズイぞ！　コイツにはボクの能力を一度見られているからな。喋《しゃべ》ればバレてしまう）
とっさに剣を追ったが、それはすでにアークの手の中にあった。
魔王はにこりと笑って、手をさし出した。
「だはは悪りぃな。またブッ飛ばされちまってさ～」
アークも笑いながら、剣を渡そうとした。
が、なにを思いついたのか返すのをやめ、
「でもさ。この剣って、別に誰《だれ》でも使えるんだよな～」
と、手に取った《魔王剣》をしげしげと眺《なが》め始めたのだ。
（さっさと返せよ、バカヤロウ！）
魔王はわざとらしい咳《せき》払いをしたり、指をくいくいと曲げたりしてみた。が、
「俺《おれ》がいまいち決まんないのってさ、バトルでカッコよくないってのがあると思うんだ～」
（無視すんなよッ！）
「普段がダメでも、いざバトルになればおまえは剣があるし、カグヤは変身でキメられるもん

な。それにひきかえ俺《おれ》の戦闘《せんとう》中なんて、チカンだぜ、チカン！」
魔王《まおう》はいらつきが頂点に達しかけているのか、爪先《つまさき》をタンタンと踏みならしてみたり、イライラと肩を揺すってみたり、アークが剣を手放すのを露骨《ろこつ》に催促してみるのだが、
「な、ウィル。しばらく貸してくれよ、これ」
「……ッ!!」
声は出せない。怒鳴りたくても声は出せない。
辛抱できなくなった魔王は、ついに手を出して剣を強引に取り返そうとした。
「一回だけでいいからレンタルレンタル。な、いいだろ」
（いいわけないだろ、このバカ！）
アークが剣を頭上にかざせば、ウィルの背では届かない。
「次のバトルだけ、魔王戦だけでいいからさ。ＯＫしてくれよ～」
（ボクがその魔王なんだよッ！）
ぴょんぴょんとジャンプする魔王と、やーいやーいと逃げるアーク。
片方はまったく気づいていなかったが、
これが世界の運命をかけた《魔王剣》の争奪戦なのであった。
「もーっ、ちょっと目を離すとすぐに遊びだすんだから、アンタたちは！」
アリスが割りこんできた。カグヤとジャスティもいる。

「二人ともここがどこだかわかってんの？　すぐそばで《運命の車輪《ホイール・オブ・フォーチュン》》がごうごうと音を立てて回っているのよ！　場所柄わきまえて、もーちょっと緊張しなさいよ、緊張」

アリスはアークを一睨《ひとにら》みして、苦もなく《魔王剣》を取りあげると、さっさとそれをウィルに渡してしまうのだった。

（勝った！　ボクの勝ちだ！）

魔王は心の中でほくそ笑みながら、顔には素直な笑顔を浮かべた。これで完璧《かんぺき》だ。

「ありがとう、助かったよ」

途端、カグヤの顔が険しくなった。

「アリガトウ……って、おぬしは誰《だれ》だ？」

ウィルはそんな喋《しゃべ》り方はしない。

「しまった！」

「しもうた、やろ」

後頭部をゴツンと殴られて、アークに剣を奪われる。

「返せっ！」

「おまえこそウィルに身体《からだ》を返してやれよ、ルーク」

「くそっ、武器は武器は……」

魔王は自分の身体を必死でまさぐり、腰にさしていたナイフを見つけた。

しかしまあ《魔王剣《まおう》》を持たないウィルなど、ほんとにもうそこらの二束三文でクダを巻いてそうなチンピラと変わらないような〝驚《おどろ》くべき〟強さなので。
「あらよ」
と、アークの手刀でナイフを叩《たた》き落とされると、あとはもうみんなに殴られ放題、蹴《け》られ放題のまさしく出血大サービスとなるのであった。
「こら、仲間の身体《からだ》だろ！　心配しないのか貴様ら！」
うっ、とみんなの動きが一瞬《いっしゅん》止まったが、
「心配もなにも、前にコイツ《ウィル》は俺《おれ》たちを見殺しにしようとしたんだよ！」
思い出したぶんだけ、攻撃《こうげき》がパワーアップするのであった。
「はぎゃ――――っ！」
そしてアークが提案した。
「なあ、ついでにこのままルーク倒しちゃおうぜ」
「うむ、よいアイデアだ」
「なんだかよくわからんが、それも正義か」
「みんな、ほどほどにね……」
こんなクライマックスでいーのかどーか、不良どもが一人を寄ってたかってリンチするようなノリで、みんなして倒れた魔王をげしげしと蹴《け》りつけていると、

「みなさん、なにをしてるんです！」
ソフィアが現れた。傷ついたウィルを見て、彼女は血色のよい顔を真っ青にすると――
「どうしてウィルさんにこんなひどいコトを……」
「いや、コイツは魔王で……」
ソフィアはみんなの説明を聞こうともせず、輪の中に飛びこんでウィルをかばった。
「大丈夫ですか、ウィルさん！」
「（しめた、魔法使いか！　治癒《ちゆ》させれば――）た、助けて！」
「わかりましたっ！」
ソフィアはロッドを握りしめると、ありったけの力をこめて治癒魔法を唱えた。
どっがああああああああああああああああああん、と、謎《なぞ》の爆発《ばくはつ》。
つーか、誰《だれ》も知ってて止めなかった。
「どうしてでしょう！　どうして私が魔法を使おうとすると、いつもこのような妨害が!?　ウィルさん！　ウィルさんしっかりしてください!!」
ソフィアはいつものように混乱しながら、ボロゾーキンになったウィルを抱きかかえた。
「死んだのう……」
「勇者はその身を犠牲《ぎせい》にして魔王を倒しました、ってコトにしといてやるか、せめて」
「アンタたちねえ……」

とか言いながら、アリスですらもしばらくこの事態を傍観しようとしていたりするのだが、
そこはジャスティ、さすがに警察官《けいさつ》。少女の誤解を解かねばとソフィアに声をかけた。
「コイツは少年の姿をしているが、実は魔王《まおう》らしいのだ」
「なにをわけのわからないことをおっしゃるのです」
（キミほどじゃないと思うが……）と、内心思うジャスティ。
「って、アナタは先ほど、私たちに銃を向けた人ではありませんか！」
と、ロッドを構える。
真っ青になるのはアリスたちの番だった。
「わーっ、魔法使っちゃダメーッ！」
「では地獄爆弾《ばくだん》で」
「余計にダメーッ！」
「アリスさん、地獄爆弾とはなんですか！」
ジャスティが尋ねた。
「魔王界《ダークスフィア》へ大穴をブチ空けちゃう爆弾よ！」
「なにっ！」
魔王がバッと跳ね起きた。
「頂くよ、それ！」

かたわらにいたソフィアの手から奪い取ると、これまでの累積ダメージもなんのその、二〇〇〇年間待ちに待った野望のゴールめがけて走り出すのであった。

その先には、黒い歯車。

一同の眼前に広がる巨大な《運命の車輪《ホイール・オブ・フォーチュン》》と対となって回転している人の背丈ほどの大きさの円盤《えんばん》。それこそが魔界孔をふさぐ封印であった。

カグヤが叫んだ。

「止めろ、あの歯車が破壊《はかい》されたら封印が破れるぞ！」

「なにーっ！」

みんな、一目散であとを追う。

ソフィアだけが事態を把握《はあく》できず、きょとんとした顔を浮かべて。

「いったい誰《だれ》が悪いんですか!!」

「おまえだ〰〰っ！」

みんながみんな、一斉《いっせい》に答えてくれた。

その隙《すき》に魔王は爆弾を手に振りかぶった。

ジャスティも左手で魔法銃をつかみ、投げた。

当たった。

魔王《まおう》の手を離れた爆弾《ばくだん》は、宙に弧を描き……。
ジャスティの手元に収まった！
「魔王め、これで貴様の打つ手はなくなったぞ!!」
「くうっ！　くうううっ！」
苦虫を嚙《か》みつぶす魔王。
「見てくれましたかアリスさん！　私が正義を守った瞬間《しゅんかん》を！」
くるりと振り向いたジャスティが見たものは。
アークはアークで、魔王を阻止するためにアリスの服をはぎとろうとしていた破廉恥《はれんち》きわまりない光景であった。
「貴様はこんな事態になにをやっとるんだ――ッ！」
ジャスティはとっさに手元にあった手頃《てごろ》なモノを投げてしまい。
アークにぶつけることには成功したものの、
それが爆弾であることに気づいたときには、すべてが手遅れになっていた。
ゴゴゴゴゴ……。
「ん……どないしたんや、みんな。景気の悪い顔しとるで」
意識を取り戻したウィルが目にしたのは、

「んーんー」

後ろ手に縛《しば》られ、猿《さる》ぐつわもかまされていたソフィアと、

カグヤとアリスの白い視線を一身に浴びているジャスティの姿であった。

「親切な警察官《けいさつ》殿が、封印を魔王界《ダークスフィア》に落としてくれたおかげで……」

「あたしたちは、本気一〇〇％の大魔王と戦えちゃうわけだ……」

立場逆転。魔王復活の実行犯となってしまったジャスティは、これまでみんなをさんざん追い回してきただけになんともバツの悪い顔をしていた。

だが、なにを思ったか開き直ると、

「人間誰《だれ》しも間違いはありますよ」

「それで済むと思ってんの――――――ッ！」

でまあ、ジャスティも星となった。

アリスにからむ男って、どうしてこーゆーのばっかりなんだろうね。

いっぽう爆発で吹き飛ばされていたアークは、アリスが捜しに来るまで、少し離れた岩の亀《き》裂《れつ》に突き刺さって伸びていた。

「……で、魔法陣が逆回転を始めたのよ」

「予想通りの展開だな」

最悪の。
アークは頭を振って、まだ半分眠っている意識を叩《たた》き起こし、歩きだそうとした。
その腕を、アリスがなぜか引き留めた。
「ちょ、ちょっと待ってくれない？」
なんだ？　とアークが振り返る。
「みんなのところに戻る前に、誤解、解いておきたくて……」
「誤解って？」
「キスのこと」
「してないんだろ？」
「ホントにしてないんだったら！」
「わかったよ、信じるよ」
「指輪はね。ジャスティさんがね。あたしが一六になったからって、プロポーズされて……、
それで……」
「自慢話か？」
「断ったって話よ！」
アリスは言ってて虚《むな》しかった。自分はなんでこんなコトをアークに伝えたかったのか。それだけ！」
「……とにかく断ったの。それだけ！」

アリスはそう言うと、プイと背を向けた。
するとアークは、ポケットに手を突っこんでガサゴソとし始めた。
「そういや、俺《おれ》もおまえに誕生日《たんじょうび》プレゼントを渡そうと思ってたんだ」
えっ、とアリスの目が点になる。
「……アークが、あたしに？」
自分を指さして、アリスは信じられないような顔をする。
「そうだよ。いらないのか？」
「いるっ！　いるいる、絶対いる！」
子供みたいに何度もうなずいた。アリスは胸元で手を組んでワクワクと瞳《ひとみ》を輝《かがや》かせた。
「信じられない……。いったいどういう風の吹き回しなの？」
「絶対役立つぞ～」
「役立つ？」
とっさに嫌《いや》な予感がして、アリスは眉《まゆ》をひそめた。
「てけてけん（↑効果音のつもり）。クルーウァァッハ～っ」
と、ネコ型ロボットがするような発音でアークが取り出したのは、ガントレットと呼ばれる種類の籠手《こて》であった。
「……なによそれ」

アリスは途端に半眼でアークを睨《にら》みつけた。
「まあまあ、論より証拠、着けてみな」
「右手だけ？」
「攻撃《こうげき》アイテムだからな」
「攻撃ぃ!?」
「自分の身は自分で守れたほうがいいだろ。裸になんかならなくても」
「そりゃあ、いいけど……」
「指輪なんかより、よっぽど役に立つだろ？」
「ええ、そうね……」
アリスはげんなりと疲れた顔をした。
確かに実用的だ。魔王《まおう》との決戦を控えたいま、なによりも必要な装備かもしれない。あたしはちゃんとアークに感謝《かんしゃ》しないといけないのだろう。けれどあたしは、食べることすらできない花束のほうがよっぽどよかった。そういうものが欲しかった。
でもまあ感謝だ。
これはこれであたしのことを考えて選んだモノなんだから。素直に感謝しなければ。
「……つってもほら、星すらも砕くとかそーゆうのだと、アリスのことだから使うのためらっちまうだろうと思ってさ。ぴったりの魔王兵器《フォービドン》を探してきたんだよ」

「どんな力なのよ」
　んふふふふ、とアークは自信たっぷりに告げた。
「どんな相手でも半殺しにしてしまう呪《のろ》われた拳《こぶし》！　死の一歩手前でダメージを止め、全身をむしばむ痛みのどん底に相手を叩《たた》きこみ、憎き敵をだらだらと地獄の苦しみに悶《もだ》え喘《あえ》がせるおぞましき拳！　この世でもっとも恐ろしい魔王兵器《フォービドン》の一つ、その名はクルーウアァッハ！」
「それがあたしにぴったりだっていうのか～～～～ッ！」
　唸《うな》りをあげるクルーウアァッハの黒い拳が、愚か者の腹に打ちこまれた。
「ごあは――――――ッ！」
　吹き飛ばされたアークは崖《がけ》に激突、その一〇〇メートルはある岩壁《がんぺき》は一瞬《いっしゅん》で崩壊《ほうかい》し、降り注ぐ瓦礫《がれき》の中にアークの姿は消えてしまうのだった……。
「あー、あたしってバカ、ほんっとーにバカ！」
　ずんずんと歩き去るアリス。
　地に落ちた影は長い。湿った風が頬《ほお》をなでた。
　見あげると、逆光に黒く染まった空の城エルナ・デッセトリアが、鎌《かま》をもたげた死神のように浮かんでいた。
　空は赤く、血がにじみ出すように刻一刻と、その赤さを深めていた。

6

第6話　「たった一つの冴えないやり方」

それは、まさしく神話の光景であった。
巨大な大地が、ゆっくりと回転しながら、赤く染まった空へ上昇を始めている。
炎のような空。燃えるような雲。その中で脈々と鼓動する太陽。その清らかな一つの輝《かがや》き、幻とも思える一つの美、そして大地を染める一つ色の影、太陽は世界を貫く一条の黄金の光を投げかけて、そそり立つ巨大な一本の杭《くい》を照らし出していた。
それは、この星に打ちこまれた七本の槍《やり》の一つ、フィフス・トランペット。
黙示録《もくじろく》の時代を告げる笛の音にも似た濁《にご》った地鳴りを奏でながら、それは大地から引き抜かれようとしていた。
上空から見れば——いまはエルナ・デッセトリアにいるであろう魔王《まおう》の目には、魔法陣が次第に薄《うす》く、そして灰色の大地が次第に濃《こ》い色へと変貌《へんぼう》してゆくのが見えたであろう。
夜の闇《やみ》がおりるように、水に落ちた墨が広がるように、黒に呑《の》みこまれた大地は、やがて海のように波打ち始めた。地震《じしん》ではない。水があふれ出したわけでもない。地表に漂い出した霧《きり》のようななにかが、わなわなとうごめき始めたのだ。
そのうちに一つ、波頭のように弾《はじ》けたものが明確な形を持った。
それは異形《いぎょう》の生き物であった。
彼らはこの世界の生き物とはあきらかに異なった肉体をしていた。
その違和感は、怖いとか、恐ろしいというものとは違った。

首の位置や骨格、関節の曲がり具合、その一つ一つが異質で、まるで奇形生物を目《ま》の当たりにしたときのような生理的な不快感を、見る者に与えていたのだ。

ウィルやジャスティが目にするのはもちろん初めてだが、教会画でよく知っている。

魔族――、魔王界《ダークスフィア》の生物である。

それがいま、霧の海からうじゃうじゃと姿を現しつつあるのだ。

ウィルはそれだけでももう何歩かあとずさってしまい、後ろにいたカグヤにぶつかることでやっと格好ばかりでも剣に手をやってみせた。顔は青ざめていたが。

「ワ、ワイなぁ、人はわりとカンタンに斬《き》れるんやけど、モンスターって怖いから、めっちゃ苦手なんや……」

「……つくづくロクでもない勇者だな、おぬしは」

「ヘビ姉ちゃんこそ、でっかい蛇《へび》になれへんのか？」

「月が出ておらぬからな。おぬしこそ魔王を倒すつもりでおったのだろう、格下の魔物ぐらいで震《ふる》えあがってどうする？」

「自慢やないけどワイはなあ、毎年夏休みが始まる前には今年こそちゃんと宿題やるでって誓うんやけど、絶対できたためしがないタイプなんや。やるでって意志と、できへんやろなっていう予想が、別々のポケットに入っとってな。できそうもないことはしない。そーやってワイはこの歳《とし》まで生きてきたんやで」

「ホントに自慢にならぬのう……」
ため息をつくカグヤのもとへ、アリスが戻ってきた。
「やらなかった夏休みの宿題はねえ、結局、新学期になったら居残りで片づけさせられるのよ。出された宿題からは逃げられないの。出てきた以上は倒すしかないでしょう、倒すしか！」
「ほう、さすがは勇ましい。ボクの永遠の伴侶《はんりょ》となるだけはあるね」
「誰《だれ》が！」
と、条件反射でつっこんでから、アリスはハッとなって頭上を見あげた。
「ボクだよ」
人の姿に竜《りゅう》の姿を模した男が、手招きをした。
魔王《まおう》だ。
大魔王ルーク・ザ・ルーツが、浮上する大地を背に、復活したその姿を現したのだ。
今度は翼《つばさ》なんぞを生やしている。
背中からのびるコウモリの羽根のような一対。それをたたんでふわりと地上におり立つ。アリスは魔王がいくぶん巨大になっていることに気づいた。溜《た》まっている魔力の大きさに比例して身体《からだ》が大きくなっているんだろう、という推測は容易についた。
自分の身体にも、思い当たる節があることもあり。

アリスは挑戦的な笑みを浮かべながら、前に進み出た。
「わざわざ出迎えてくれなくても、こっちから城に行くつもりだったのに」
「キミに死んで欲しくないから、ボクのほうからわざわざおりてきたんだけどな」
と、ルークは待ちわびた恋人のように両手を広げる。
「手下もそんなに駆けつけて、あたしなんか必要ないんじゃないの？」
「とんでもない。一〇一魔王を征するにはまだまだ戦力不足さ。もっともその半分はこっちの世界に封印されちゃってるから、ボクは手に入れるつもりなんだけど」
「それで世界を壊《こわ》すだけ壊して、そのあとどうするつもりなのよ」
するとルークは冷ややかに笑い、涼しい顔で言い放った。
「そう言えばそうだね。考えたこともないや」
「ふざけないで！」
「そうかな？　キミは生き物が子孫を残すことがいけないだなんて考えたことがあるかい？ないだろう」
「当たり前でしょ、神様がそう決めたんだから。一緒にしないでよ！」
「人は増やし、魔は減らす。それが神の与えた仕事だ。そういうふうに生まれついている」
「勝手な理屈をつけないで！」

と、二人が問答をしている間に、復活してきたアークがこそこそとアリスの背後に忍び寄っていたのだが、当のアリスもルークもまったく気づいていなかった。
「それはお互い様だ。減らす者がいなければ自然のバランスが崩れるというものだろう」
「ふうん、結局てめーのスケールも小せーな」
アークはアリスの肩の上にぬうっと顔を出すと、
《聖典《バイブル》》の言いなりになるのが魔王《まおう》の仕事だって言うんなら、世界を滅ぼしてみたら意外と神様に、よくがんばりました、ってホメてもらえるかもしんねーぜ」
「なんだと！」
目をむいて睨《にら》むルーク。歯をむいて笑うアーク。
その左手はアリスの脇《わき》の下から飛び出して、あっという間にファスナーをおろしていた。
右手には《聖なる筆《マジック》》。
「つーわけで、二人の愛で世界を救おうな、ア・リ・ス♥」
「こーいうときだけ♥を飛ばすな、♥を！」
怒鳴ってはみるアリスだったが、
ちゅっ♥
と、頬《ほお》にキスをされては、怒りの血潮《ちしお》も頭のてっぺんで砕けるしかなかった。
「あ、あっ、あわ、あわわわわ……」

全身に《聖なる刻印《ホーリイ・カーブ》》が浮かびあがる！
アークは慣れた手つきで、まるで月のように丸い肌《はだ》の上に筆を滑らせた。
描かれた魔法陣は、髪の毛の薄《うす》い中年親父《おやじ》がお立ち台の上で踊っているようなソレによく似た、しかしそれよりも正確なものであった。それをさっきまで見おろしていた魔王はすぐになんであるかを知り、とっさに身をかわそうと動いた。
「そ、それはッ……！」
《運命の車輪《ホイール・オブ・フォーチュン》》の魔法陣であった。
「ぴんぽーん。そして、さよーならー♪」
翼《つばさ》を広げ、空へ逃れようとするルーク。
だがアリスの胸から放たれた光の網がそれよりも早く彼を捕らえ、包みこんだ。
「ガッ……！」
ルークは爪《つめ》や牙《きば》を立ててもがくが、戦慄《せんりつ》にも及ばない。
魔王を囲んだ魔法陣は、瞬《また》く間に折りたたまれてゆく。
音もなくすべてが消滅するまで、ものの三秒もかからなかった。
かくして、魔王はこの世から消えてしまった。
「えっ……、終わり？」
ウィルが間抜けな顔をして、きょろきょろとまわりに尋ねた。

「ホッとしておるのだろう？」と、カグヤが見透かしたような目で笑うので、
「いや、まあそやけどな……」と、頭をかいた。
しかし、戦いはこれで終わったのだろうか。
いや、そうではない。
本当の死闘《しとう》はここから始まろうとしていたのだ。
めらめらと震《ふる》える少女が立ちはだかっていた。
彼女は半月のような目をして、腹の底から湧《わ》き出すような怖い声を彼に向けるのだった。
「誰《だれ》がキスしていいなんて言ったの……！」
「お、怒るなよ、口にしたわけじゃなし。これでも配慮《はいりょ》したんだぜ」
「どーいうふうによ」
「口づけなんかしたら、愛のないキスなんかされたくないとか言うだろー？」
「ないんだ、愛。やっぱりね、そうなんだ。アークは好きでもないのにキスできるんだ」
「《刻印》出すにはそれがてっとり早いと思ってさ～」
「じゃあ、アークはあたしが赤くなるのを知っててキスしたんだ？　そこまで知ってて好きでもないのにキスしたのね！」
わなわなと震えていた。ぎゅっと握りしめられたクルーウァアッハの拳《こぶし》が。
「なに怒ってんだよアリス。いいじゃんか悪は滅びたんだし」

「まだ滅びてないわよ！」
アリスは目の淵《ふち》に涙を浮かべると、その怒りと悲しみのすべてをクルーウァアッハにのせて、彼の下腹にめりこむように叩《たた》きこんだ！
「アンタも飛んでけ〜〜〜ッ！」
「どわ〜〜〜〜〜っ！」
アークの姿は夜空に輝《かがや》いて消えた。
「アホやなぁ」
隣《となり》でウィルがため息をついたので、カグヤが尋ねた。
「アーク殿がか？」
「姉ちゃんのほうに決もうとるやろ。はよ気づいたらええのに」
「なんにだ？」
「男が女の子をからかうのは、好きって言うとるも同じなんやで」
アークと入れ替わるように、浮上を続ける大地から一つの影が飛び出したのは、そのすぐあとのことであった。
魔王界《ダークスフィア》の黒ずんだ大気を思う存分むさぼって、さらに巨大化した魔法《まほう》の王。その名は——、
「魔王ッ！」

そう呼ばれた男は、フフ、と笑った。
「ボクも一瞬《いっしゅん》ひやっとしちゃった。けど、魔王界《ダークスフィア》とつながるトンネルが開通しちゃったから、もう意味がないんだよね。その呪紋《じゅもん》～♪」
彼は鱗《うろこ》でできている硬い頬《ほお》を愉悦で歪《ゆが》ませると、手近に姿を現しつつあった魔族《まぞく》を二匹ほど、アリスたちの前に放った。
一匹はトカゲのようで、もう一匹はゴリラのような姿をしていた。
どちらも五、六メートルの巨体で、迫り来る。
「アーク！」
アリスはとっさに振り返り、自分の短慮《たんりょ》を後悔した。
そこには、持ち主を失った《聖なる筆《マジック》》だけが転がっていたからである。
「させるかッ！」
と、ジャスティが飛び出した。慣れぬ左手で引き金を引く。当たるわけがない。
「くそっ」
舌打ちをしたのはウィルだった。
「化け物じゃ、ワイの得意技が使えんやんか」
得意技といっても『命乞い』なんだけども。
（ジャスティがやられたらワイしか残ってないやないか、男は）

アホでゆるんだ顔をしとるけど姉ちゃんみたいなアリス。お人好しで頭のネジが一〇〇本ほど外れとるソフィア。人のことをバカにするだけのカグヤもオマケや。ワイを助けてくれたことには変わりないからな。

（守れるのはワイだけか――）

ウィルは自分がどんどんマズイ方向に進んでいることに気づき、舌打ちをした。

（やめろやめろ。ワイは爺《じ》っちゃんたちみたいにバカな死に方はせえへんで）

ウィルは戦士だ。姑息《こそく》でも戦士だ。

戦士だから、心には剣が立っていた。

誇りという剣だ。

戦士だから、その剣を守るために戦う。剣の刃は己の誇りを貫く牙《きば》だ。

けれどもウィルの剣は、戦いの勝敗で折れることはなかった。

負けで済むなら最上と思っていたからだ。

生きてさえいればあとはどうにでもなる。敵に服従したところで、折《おり》を見て下克上すればいい。チャンスがなくてもそのうちコロリと死んでくれるかもしれない。すべては生きていればこそ手につかめるものだ。戦士の誇りなどクソくらえ。そんなものは死んじまう奴《やつ》の負け惜しみだ。勝手に死に甲斐《がい》を見つけて命を捨てて、あとの人間が迷惑することを考えたことがあるのか。

(勇者を守るため、とかぬかして勝手に死んじまいおって……)
決まってそこに行き着いた。
死ぬわけにはいかなかった。この命は自分だけのモノではないからだ。
だが、自分だけがみんなの命を守れるときはどうすればいいのか。
ウィルは足が前に進もうとしているのに気づき、呪《のろ》った。
けれども、それが男というものだ。
「ワイは怖いのが苦手やって言うたやろ！」
そう言いながら、走り出していた。
剣を抜き、モンスターに迫る。
二匹の化け物はレベルが低いのか、どこが目でどこが口だかわからないような顔をしていた。
(ううっグロテスク……カッコつけるんやなかった)
思わず目をつぶる。それでも足は進む。
大きく踏みこんで銀光一閃《いっせん》。たしかな手応《てごた》えにウィルは目を開けた。
トカゲモドキが胴をまっ二つにされていた。
「おおっ！」
ウィルは魔王《まおう》剣を構え直して目を見張る。
「そーいやワイの剣って、魔族相手にはやたら効くんやった！」

そうとわかれば、もう目を閉じる必要はなかった。
勝てるとなると無限に勇気がほとばしる調子のいい勇者は、ゴリラモドキの顎下《がっか》まで走りこむと、下からなぐように剣を振りあげ、その巨体をまっ二つに裂く。
そしてその屍《しかばね》を踏み台に、地上におりたばかりの魔王の喉元《のどもと》へ跳ぶ。
「初めっからワイがおのれを倒せばよかったんや！」
ルークは鼻で笑った。
「身体《からだ》をまっ二つにされりゃ、魔王でもおしまいやろーが！」
渾身《こんしん》の力をこめて飛びこんでくるウィルを、彼は軽い足取りでかわした。
ウィルは振りおろしたばかりの重い剣を梃子《てこ》に、そのまま円運動させて身を翻《ひるがえ》すと、地面をえぐり取るような一撃《いちげき》を放った。
だが、その切っ先は魔王の鼻先わずかのところをかすめるに終わった。
「ツキおって！」
そうではない、見切られているのだ。
ロクな剣技をマスターしていないウィルの素人剣法など、腕に覚えのある彼にしてみれば子供のお遊戯《ゆうぎ》だ。
反撃はわずか一歩でよい。
ウィルの背後に回りこんだ魔王は一言。

「どんな武器だろうと、当たらなければ意味がないよ♪」
と、つぶやいて、ウィルの剣を叩《たた》き落とすのだった。
だが、
「なに？」
ウィルの腕ごと手刀で打ち落とすつもりでいた魔王《まおう》は驚《おどろ》いた。
背中を取られたウィルは、死の危険を感じ、とっさに剣を捨ててしまい、助かったのだ。
「なんて勇者だ……」
彼は別の意味で感嘆した。
地面を転がったウィルは、次の行動を開始していたのだ。
行動といっても、自分では勝てそうもないから他人に頼ろうというだけである。
「やべやべ、あやうく死ぬところやった。さっさと誰《だれ》かにバトンタッチや」
コラ、勇気はどこに行った？
（誰になんとかしてもらおか……）
アークはいない。
ジャスティの銃ごときでは歯が立つわけもない（しかも当たんないし）。
ウィルはまだ、アリスの右腕で鈍い輝《かがや》きを発している手甲が魔王兵器《フォービドゥン》であることを知らない。
ちなみにソフィアは魔法を使えないように縛《しば》りつけてある。

そしてカグヤは——いなかった。

「逃げたな……」

ウィルは先を越された泥棒《どろぼう》のような目をして、呪《のろ》った。

「失敬な」

カグヤがおりてきた。

空に消えたアークを回収しに行ってたのだ。

かたやルークは、両手に溜《た》めた魔力を放とうとしていた。

「そのまま消えていたほうが、死なずに済んだものを」

カグヤが治癒《ちゆ》したのか、それなりに回復したアークはアリスのかたわらに駆け寄った。

「愛するアリスに手を出したヤツは許しておけないんでね」

「いまさらなに言ってんだか」

ぷい、と横を向くアリスだが、この期に及んでは仕方あるまいと腹をくったのか、《聖《マ》な《ジ》る筆《ック》》を拾おうとした。

ない。

先にウィルが拾いあげていた。

彼はルークへさし出したのだ。

「ワイらをしもべにしてくれへんか?」

結局それか。
「ばかーっ！　なにみっともないことしてんのよ！」
「やかましい。みっとものうたってみんなで生きてられたら、それでええやないか！」
「ボクは見苦しい生き様というやつが嫌《きら》いでね」
「え」
魔王《まおう》は指先で《筆》を粉々にすると、こわばったウィルの横顔に裏拳《うらけん》を叩《たた》きこんだ。
首が吹き飛ぶかのような勢いで宙を舞ったウィルは、岩場の中に消えていった。
「愚か者め」
魔王の背後には、あふれ出した魔族どもが次々とおりてきている。
次々というどころではない。崩れ落ちる氷山のように、いまや地球に突き立てられた巨大なテーブルとなった魔法陣の大地からは次々と魔物がこぼれ落ちていた。地上で潰《つぶ》れて死ぬ者もあっただろうがかまいはしない。あとに続く者の糧《かて》となればよい。魔王は眉《まゆ》一つ動かさない。なんとなれば彼らを糧にして魔力を補充するつもりでいたのは他《ほか》ならぬ自分であったからだ。もっとも《魔王剣》も《聖なる刻印《ホーリィ・カープ》》も封じたいまとなっては、その必要もないだろうが……。
「切札《きりふだ》を使い切っては、さすがにゲームも終わらざるを得ないよね」
そう言って、彼はさし伸べるような手をアリスに向けた。その指先をくいっと曲げるだけで心臓を引き抜けてしまいそうなほど、その全身からは魔力がほとばしっていた。

アリスは奥歯をぎりぎりと噛《か》んだ。

どうすることもできない悔しさで歯を噛んだ。もはや考えらしき考えは浮かばなかった。あるとすれば、絶望的なまでの死の予感だった。

「こうなったら……」

右手のクルーウアッハを握りしめてアリスが踏み出そうとした。するとアークが制止した。

「バカ、半殺しの拳《こぶし》でどうやって殺すんだよ」

「だって、アーク」

「俺《おれ》にまかせとけって」

「……もしかして、あのサイコロ《ニーズホッグ》を？」

「こんな状況で、アイツにヒットする確率は何万分の一になると思ってんだ……」

と、アークは首を振った。が、その顔は不敵な自信で満ちていた。

「ルーク、やっぱおまえ、出てくるの遅かったわ」

両手を頭の後ろで組んで、ひょうひょうと言ってのける。

「口先では力の差を埋められないよ」

「いやー、人類の科学技術はこの二〇〇〇年でけっこう進歩しちゃってるんだよねー」

「それがどうしたんだい？」

「ほらー、あるだろ？　学者がさ、作れちゃうからってヤバイもんを善悪も考えずに作っちゃ

うってコト。ちょうどこの時間、この上空に来てるんだよねー」
「なにが」
「オレ専用攻撃《こうげき》衛星」
アークが右中指にしていた緑色のエメラルドが、きらりと光った。
その直後、空に穴が空き、地上は光に包まれた。

ここは地上から一〇〇キロ。
宇宙である。
朽葉《くちば》色をした岩石がちらほらと散らばる中、
あきらかに人の手で作られたものである銀色のカタマリが浮かんでいた。
人工衛星だ。
「な〜に〜よ〜そ〜れ〜ッ！」
地上でアリスが怒鳴っている、ような気がした。
眼下には緑なす大陸があり、その中央からは黒い染みが噴《ふ》き出していた。
それは点のような大きさだったが、その大地が浮上しているのが見えた。
人工衛星のセンサーの一つが、アークからの信号を受け取った。
コンマ五秒後、

数千万度のレーザーが、地上を直撃した。
それは光ではなく、大気の爆発《ばくはつ》だった。
地上へと伸びた一本の細い矢は、周囲の空気を瞬時《しゆんじ》に蒸発させ、たちまちのうちに宇宙までそそり立つ太い柱となった。九〇分で地球を一周する衛星であるため、斜めから打ちこまれた白い柱は地上のある一点を軸に、すさまじいスピードで空を二つに裂いた。フェザーリーブスやブレイクウッズの人々は南の空が突如として雲で遮断《しやだん》される光景を目の当《ま》たりにした。
その中は、嵐《あらし》だ。
とほうもない気圧差が生み出す暴風があらゆるものを引き裂いた。そうでないものは超高熱の空気に焼かれ、あるいはレーザーで跡形もなく蒸発した。
照射は一〇秒にも満たなかったであろう。だがそれで充分だった。
一〇〇メートルは浮上していた魔法陣《まほう》は、溶解したのか押し戻されたのか、嵐が去ったあとにはもとの鞘《さや》に戻っていた。わずかに盛りあがっているのは、累々と積みあがった魔物の死骸《しがい》である。
動くものはない。生命のすべてがそこでは死滅していた。
焼け焦げたのか、あるいはもとからそうだったのか、ただれた漆黒をさらしていた。
さらす屍《しかばね》もない魔物《まもの》もいたであろう。

大地にはくっきりと溝が刻まれていた。誰《だれ》の身体《からだ》ともわからないほどどろどろに溶かされ、鉄のように固まろうとしていた。

それはレーザー照射の跡に違いない。

なぜならその溝は、魔法陣《まほう》を描いていたからだ。

「うえっ、吐きそう」

と、顔を背けたのはウィルだった。

空にいる。

「……阿鼻《あび》叫喚《きょうかん》の惨状とはこういうことを言うのかのう」

カグヤがつぶやいた。

「ううう、魔王よりひどいことをしてる気がする……」

「アリス、戦争なんてそんなもんだぜ～」

「アーク……貴様の考えにはいろいろと言っておきたいことがあるが、あえてなにも言うまい」

アリス、アーク、ジャスティの三人も浮遊していた。

「あのー、そろそろ縄《なわ》をほどいていただけないでしょうか～」

ソフィアもいた。が、彼女の願いを聞く者はいない。

アークは事前にこのことをカグヤに耳打ちしておいたのだろう、彼女の魔法で一同はいち早

く空に脱出していたのだ。

それにしても……、とアリスは額《ひたい》を押さえた。

「なんなのよ……このデタラメな展開は……だいたいジンコウエイセイってなによ!?」

「宇宙は無重力だから、なんでも浮かべておけるんだぞ～」

「だからジンコウエイセイってなに!?」

そんな一行の目と鼻の先には、空中庭園エルナ・デッセトリアがあった。

巨大な城、といっても地上からはそう見えるだけで、全長五キロほどもある岩石の上に遺跡《いせき》が一つのっかっているといった代物《しろもの》であった。中央には山があり、その頂を利用して宮殿らしき建物《たてもの》が作られていた。主を失って遥《はる》かな星霜《せいそう》を重ねた庭園は、人の肌《はだ》に皺《しわ》を刻むように至るところで崩れ、腐り、朽ちている。

アークたちは、その宮殿のバルコニーにおり立った。

「……魔王はホントに死んだの?」

「さあな」

「マジメに答えてっ!」

「魔界孔は封じた。……とはいっても強引に溶接しただけだからな。レベルの低い魔族なら生き延びられるぐらいの魔力はもれてるだろうけど、ルークが生き延びるにはとうてい足りない量だ。それでも生きようとすれば、手当たり次第に魔物どもを食い散らすか、おまえの《心臓》

を食いに現れるかするはずだ。それがないってことは……」
たぶん死んでるな、とアークはつぶやいた。
「死ぬ思いをしたわりには、ずいぶんとそっけない終わり方をするのね……」
アリスは拍子の抜けたような顔をした。半分はホッとして。
そんな彼女を見て、アークはやれやれと肩をすくめた。
「まだ終わってないだろ。大事な作業があと一つ残ってるんじゃなかったのか」
言われて、アリスは気づいた。
そうだった。
あたしの胸にインカーネイトされた《魔王《まおう》の心臓》を取り出すという、一番大事な作業が残っているのだった。
(ちゃんと覚えててくれたんだ……)
むしろそっちのほうが嬉《うれ》しくて。
(口先では、あたしのことなんかどうなってもかまわないみたいなコト言ってたけど、やっぱりホントはちゃんと心配してくれてたんだ)
自然と、頬《ほお》がゆるんでくる。
そそくさと宮殿の中へ入ってゆくアークのあとを、アリスはにこにこと笑顔をこぼしながらついていくのだった。

部屋は光で満ちていた。
天井はガラス張りになっており、雲に遮《さえぎ》られることのない太陽の燦々《さんさん》とした輝《かがや》きを取りこんでいた。床もまたアクリルが幾層にもわたってはられていて、空から降り注いだ光はそこで、湖面のように柔らかく弾《はじ》けて砕ける。
それは訪れる者をあたかも光の国に立っているような心地にさせてくれた。
そして――部屋の中央には、見覚えのある石《マイン》が浮かんでおり。
「黒い歯車によく似てるけど……これってなんなの？」
「発掘魔法《マインワーク》の中でももっとも高度な起動装置《ワークドライブ》だ。巨大な魔法を使うのに必要な魔力を得るために、魔王界《ダークスフィア》に直接アクセスできる機能を持っていて、与えられた呪紋《じゆもん》を起動するようにできている。もっとも地上にあったヤツは《運命の車輪《ホイール・オブ・フォーチュン》》と対で動くようになってるけどな」
「ふうん……じゃあこれが、魔王が魔王界《ダークスフィア》から魔力を召喚して回復に使ってた石《マイン》なんだ。でも、なんでこんな部屋に来たわけ？」
「おまえ、完璧《かんぺき》に忘れちまってんだな。ここに来たこと」
「へ……？」
アリスは息を呑《の》み、胸に手を当てた。
「え、ええっ、この装置であたしに《心臓》を埋めこんだの!?」

「ぴんぽーん」
「そうなんだぁ……」
と、アリスはまじまじと石《マイン》を見つめた。
いっぽうアークは、ウィルのほうへ手を伸ばした。
「ウィル、ちょっと剣貸せ」
するとウィルはいま頃《ごろ》になってハッとなり、
「やば……地上に置いてきたまんまや」
と、《魔王剣《まおう》》を放り出していたことに気づいた。
ホントに困った勇者だね。
「じゃあ鞘《さや》でいい」
「大事に使えよ」
「よくゆーぜ」
アークは鞘を——それはそれで剣のカタチをしている鞘を軽く振って、充分な重さと堅さを持っていることを確かめると、石《マイン》の上で振りかぶった。
ぎょっとするアリス。
「ちょ、ちょっとアーク、なにするつもり!?」
「壊《こわ》すんだよ」

「どーして!?　まだやることが残ってるでしょ！」
「だから、コイツを壊すことだろ」
「へ……？」と、アリスが目を疑った隙《すき》に、
「えい」
　と、アークは鞘を叩《たた》きつけた。
　それであっけなくも、石《マイン》はまっ二つに割れてしまった。
「なんで壊すのよ!?」
「これが一度やられたルークが再生に使ってた石《マイン》だ。万が一ヤツが生きてたとしても、これを壊しておけば、もう死ぬしかない。これで完全にジ・エンドってわけさ」
「それ壊しちゃったら、あたしから《魔王の心臓》を取り出せなくなっちゃうんでしょ！」
「ああ」
「じゃあ、あたしの身体《からだ》はどーなるのよ！　そんなに魔王を倒すことが大事なわけ!?」
「魔王を倒すのは大事だと思うが……」
「少しぐらい、あたしのために壊すの待ってくれたっていいでしょ！」
「《心臓》はそのままにしといたほうがいいよ。魔法使えるし」
「そりゃあ、アークにしてみればいまのまんまのほうが面白いだろうけど！　あたしはすっごい嫌《いや》なの、迷惑してるの、取って欲しいの！」

「俺《おれ》としてはいろいろと楽しいけどなあ……」
アークはアリスの顔から視線を落として、柔らかな二つのふくらみのトコロで止めると、にへらにへらとしまりのない顔をした。
カーッ、とアリスの頭に血が上った。
「もーっ、アークのばかばかばかばかばか大っキライ！」
顔面に、もろ顔面に、クルーウアァッハがヒットした。
アークは壁《かべ》にブチあたり、ギャグまんがのような人型の穴を空けて、空の彼方《かなた》へと吹き飛ばされてしまうのだった。
「うわっは――――！」
シャレのつもりなんだろうか？
次第に小さく消えてゆく彼の声を聞いて、みんながみんな呆《あき》れ果てた。

人は泣きながら生まれ、いつしか涙を止める。
それは泣き方を忘れてしまったからだ、とは誰《だれ》の言葉だろうか。
アリスは喉《のど》の奥から熱く灼《や》ける悔しさがこみあげてくるのを感じて、部屋を飛び出し、こっそりと頬《ほお》をぬぐった。
泣いてもないのに頬をぬぐった。

涙がこぼれていたら嫌《いや》だったからだ。
(大丈夫だ、あたしは泣いてない)
痛みのせいで流す涙はかまわなかった。他人のために流す涙もかまわなかった。
けれど自分の弱さで泣くのはイヤだった。カッコ悪いと思っていた。自分はそんなことで泣くべきじゃないと思っていた。
だから怒る。
アリス・キャロルとは、そういう女の子だった。
いつもなら、そう、いつもなら感情にまかせて目を吊《つ》りあげ、肩を張って拳《こぶし》を握り、子供が泣いて逃げ出すような形相で怒りをまき散らしているところだった。
なのに、いまのアリスは歩くことすらやめていた。
昂《たか》ぶるどころか、逆に気持ちが沈んでいくのが、自分自身、手に取るようにわかっていた。
(……そりゃそうよね、もとの身体《からだ》に戻れなくなっちゃったんだもん……ダメージ大きすぎだよ)
そうだろうか。
そんなことで自分はこんなに傷ついているのだろうか?
(こんなに?)
バルコニーに出ていたアリスは、ガラスに映る自分を見た。

がっくりと肩を落とし、とても情けない顔をしていた。
せめてしゃきっとしようとして、腕も上げられずにいる自分に気づいた。
それでもかまわない気がした。頭の中が鉛になったように重くわずらわしい。息をすることすら面倒なことのように思えてくる。
なんであたしはこんなにボロボロなんだろう。
アリスは自分を奮《ふる》い立たせようと檄《げき》を飛ばした。
（もとの身体《からだ》に戻れなくなったからって死ぬわけじゃないのに……。あたしはあたし。ミジメになることなんかないし、なにがあったって戦っていけばいいのよ）
（違う）
あたしはそんなことで落ちこんでいるんじゃない。
裏切られたから――。
アークに裏切られたから、こんなに傷ついているんだ。
そのことに気づいて、どうしようもないほど悲しくなった。
いろいろとひどいこともされたけれど、一緒にいてくれたのは、あたしの味方になってくれているからだと信じていた。それがすごく嬉《うれ》しかった。心の支えになっていた。
でも、それは思いこみで、
あたしの勝手な思いこみで、

アークはただ面白半分であたしについてきただけで――、
「大嫌《きら》い」
腹が立った。悔しかった。憎くなった。許せなかった。
そう思える人を嫌いというのだ。
なのにどうしてだろう、その言葉を口にするだけで胸が潰《つぶ》れそうに痛む。
「アークなんか大嫌い！　大嫌い！　大嫌い！　大嫌い！　大……」
こみあげる感情に喉《のど》が詰まり、アリスはなにも言えなくなった。
どうしてこんなに悲しいのか。
アリスはやっと自分の想《おも》いに気づいた。
（好きだから――）
彼のことが好きだから、嫌いになることがこんなに悲しいんだ。
そしてその気持ちは、怒ることでは決して表せない。
「…………っ」
我慢できなくなりアリスは目頭を押さえた。その隙間《すきま》からこぼれるものがあった。
アリスはやっと、泣き方を思い出したのだ。
けれどもそれは、ガラスが割れる音によって破られた。

距離からいって光の間。
涙をぬぐい駆け出したアリスは、床に砕け散ったガラスのきらめく輝《かがや》きの中で、信じられないものを見た。
魔王《まおう》が、生きていたのだ。
「な、なんで――？」
「キミタチがこの石《マイン》を壊《こわ》しに来ることを、このボクが予想しないと思ったかい？」
人差し指で触れると、アークが砕いた石《マイン》が一枚の赤い布へと変わった。
「万が一のことを考えてね。本物は別のところに隠しておいたのさ」
彼はみずからの魔力を誇示するかのように腕を広げ、傷一つない全身をさらした。
「マジかよ……」
ウィルは額《ひたい》に手を当て、うめいた。
カグヤはとっさにアークを捜しに行こうと走り出した。が、
「この部屋から一歩でも足を出したら、殺すよ」
というルークの言葉に足を止め、唇《くちびる》を噛《か》んだ。
「余計なことをして欲しくないんだ。ボクが用のあるのはアリス、キミだけなんだから」
「人質を取ったつもり？」と、アリスが言い返した。
「そう取ってもらってもかまわないけど、最初のときにボクが言ったことを覚えているかい？

キミの身体《からだ》から《魔王の心臓》だけを取り出す方法があれば、ボクにくれるかい？　と」

「ええ、『ない』って答えたところまでね」

「そのときはこの石《マイン》の存在を知らなかったからね。キミのパパに吹き飛ばされて、細く頼りのない魔力の流れをたどり、ここに着いたときに、この石《マイン》の上に残っていた呪紋《じゅもん》を見てわかったのさ。キミはここで《魔王の心臓》とインカーネイトしたってことがね。その呪紋がわかれば、ボクだって《魔王の心臓》とインカーネイトできる。わざわざキミを食らう必要もないのさ」

「あたしから、《心臓》を取ってくれるっていうの……？」

　そのときアリスの表情に浮かんだ戸惑いを見て、ルークは満足げにうなずいた。

「悪い話ではあるまい」

　そう言われて、アリスはとっさに切り返すことができなかった。考えこむようにうつむいてしまったのである。

　ウィルが叫んだ。

「姉ちゃん、裏切る気か!?」

「アンタに言われたくないわよ！」

「かなりその気になってくれたようだね。それはキミには必要のないものだ――《魔王の心臓》またの名をアーク・ザ・ハーツは！」

　ルークの告げた名に、アリスは言葉を失った。

いっぽうウィルはなにかをひらめいていた。
「ソフィアちゃん、魔法《まほう》を使うんや！」
「えっえっ？　でも私、攻撃《こうげき》魔法持ってませんよ」
「ええんや」
ウィルは叫んだ。

「治癒《ちゆ》魔法や！」

数秒後。
光の間は粉々に吹き飛んだ。

きらきらと、光がゆらめいていた。
淡い光の粒が、音を奏でながら踊るように降り注いでいる。
まるで天使の楽譜《がくふ》——と思って、アリスはそこが見覚えのある場所であることに気づいた。
夢だ。夢で見た場所だ。とてもきれいな場所。
「目が覚めたか」
聞き覚えのある声がした。夢と違って、アリスは身体《からだ》を動かすことができた。
振り向くと、すぐそばにオルファンがいた。

「お父さん！」
アリスはオルファンに飛びついた。
「おお、親子愛復活じゃ」
オルファンも髭《ひげ》に埋もれた顔を嬉《うれ》しそうにほころばせた。
「お母さんは？　みんなは？」
「無事じゃよ。ここに来れば力になれると思ってな。母さんたちを残してやってきた」
「ここ？　ここはどこ！　あたし、どれくらい気絶してた？」
「ほんのちょっとじゃ。ワシがこの島に着いたのはアーク君が攻撃《こうげき》衛星を使う直前じゃった。急がねばと思い、ここにたどり着いたと思ったら天井が割れて、おまえが降ってきた。ワシがいなかったら、頭を打ってまた死んどるところじゃったぞ」
と、オルファンは笑おうとして、しまった……と顔をこわばらせた。
「……死んだ？」
アリスは眉《まゆ》をぴくりと上げた。
「いやいやなんでもない」
「ウソ。お父さん、ウソつくとき目が据《す》わってないもん」
「………」
横を向く父に、アリスは疑惑を深めた。

「いいわよ。ホントのこと教えてくれないんだったら、魔王《まおう》に《心臓》あげちゃうから」
「それだけはいかーん！」
「あたしがもらったものをどう使おうとあたしの勝手でしょ」
「《心臓》だけはダメじゃ。世界が滅びようとも渡すわけにはいかん！」
「お父さん、世界のために犠牲《ぎせい》になれって言ったじゃない。変よ。アークだって、いつもは魔王よりも先に世界をメチャクチャにするとか言ってるくせに《心臓》のことになると、魔王を倒すことが大事だとかマトモなことを言い出すし、お父さんだって《心臓》になると言ってることが矛盾してる！　二人してなに隠してるの？　教えて！」
「アーク君はちゃんと説明してくれたのか？」
「なにも言ってくれなかったわ」
「……なら、ワシから言うべきことはない」
「ダメ！　教えてくれなきゃ！」
「口止めされておるのじゃ」
「アークに？　アークにね！　そうでしょお父さん、アークに口止めされてるのね！　だったらなおさら教えて！　そうでないとあたし、アークにひどいこと言っちゃったかもしれない！」
「なんと？」
「……大嫌《きら》い、って」

娘が悲しげに顔を歪《ゆが》めるのを見て、胸の痛まぬオルファンではなかったが、きゅっと口を一文字に引き結ぶと、なんでもない顔を取り繕《つくろ》った。

「……ま、まあ、アーク君なら笑って許してくれるだろうて」

「お父さんっ！　あたしは本当のことが知りたいの！」

「知らないほうがいいことも世の中あるのじゃよ〜」

我慢し切れなくなったアリスは、拗《す》ねるような目でオルファンをキッと睨《にら》みつけると、最終兵器を繰《く》り出した。

「……いいわよ。教えてくれないんだったらあたし。代わりにお父さんのこと大嫌いになっちゃうんだから」

「それだけはやめてくれ〜っ！」

がくり、とオルファンは頭《こうべ》を垂れた。

んふふふふ、とアリスは勝利の笑みを浮かべて、すぐに真剣なまなざしを向けた。

「教えて。なにがあったのか」

オルファンは軽く咳《せき》払いをして、まだためらうような目をしたのだが、娘に睨み返されてしまい、仕方なく重い口を開くのだった。

「あれは、昼下がりのことだ——おまえが頭を割って、多量の出血をしているという知らせを受けたのは。ワシら——ワシとアーク君じゃが、ワシらがとるものもとりあえず駆けつけたと

きには、すでにおまえは、息をしていなかったのじゃ」
その言葉をアリスは呆然《ぼうぜん》と受け止めた。衝撃《しょうげき》が強すぎて驚《おどろ》き損ねている。そんな感じだ。
「やめるか？」
「ううん、かまわない。続けて」
「そうか——ワシも大賢者《エスタブリッシュメント》のはしくれ、生きてさえおれば頭の怪我《けが》などどうにでもできたが、死んだ者をもとに戻す魔法《まほう》は知らぬ。あったとしてもそんなものは淫祠《いんし》邪教のたぐいじゃからな。するとアーク君が方法はあると言い出しておまえを背負ったのだ。おまえの血にまみれることも厭《いと》わずにのう。——そうしてやってきたのがここじゃ。アーク君は魔王化《インカーネイト》の秘法を使えば、魔王の生命を移し変えることができると言った。ワシはうなずくしかなかった。おまえが助かるならば、ワシの生命すらなくしてもかまわぬと思っておったからな。じゃが、魔王とインカーネイトするということは、魔王の意識や記憶《きおく》も入りこむということだとワシも知っておった。よほど強靭《きょうじん》な精神を持たぬ限り、人間に勝ち目はない。父のワシが言うのもナンじゃが、おまえは人並みの娘じゃ。となれば、生き返ったはいいものの娘の身体《からだ》を魔王に乗っ取られただけということになりはしないか。そう思ったワシは尋ねた。すると、アーク君は言ったのじゃ——、『自分の心臓を移すから、その心配はない』……とな」
「——っ！」
アリスは絶句した。

唇《くちびる》ががくがくと震《ふる》え出して、うめくようにつぶやくのが精一杯だった。
「ま……《魔王の心臓》が自分の心臓って……アークは、アークは……」
オルファンは黙《だま》ってうなずいた。
アリスはがくりと身体から力が抜け落ちるのを感じた。
「ワシは前から知っておった。アーク君の素性をな。彼は魔力を使わないことで、誰《だれ》からも正体を隠し通しておったのじゃ」
「どうして？」
「呪《のろ》いをかけられておって、彼は自分の魔力を使うことができなかったのじゃ。無力の魔王など殺される以外に道はないしの。まあそれはともかく、秘めていたものを外に出すとなれば《心臓》の存在も外に明らかになってしまう。それを狙《ねら》う奴《やつ》らが現れて騒《さわ》ぎになるだろうことはわかっていた。いまのような事態もな。するとアーク君は言ったよ。なにがあってもおまえを守るとな」
オルファンの最後の言葉に――。
アリスは、思い出すことができなかった言葉を思い出した。
夢だと思っていた出来事、でも本当にあった出来事。幻じゃなかった言葉。
その最後の言葉。
あのとき、アークはつぶやいたのだ。

「夢が終わっても、目が覚めても、オレはそばにいる。ずっとおまえのそばにいる」

そう確かに、あたしに、言ってくれたのだ。

「――だから、いまのおまえは《魔王《まおう》の心臓》の魔力で生きておる身じゃ。アーク君が《心臓》を取り除くことに本当の理由を言わず反対したというのなら、そういうわけなのだよ」

「…………」

アリスはなにも言わず、なにも言うことができず、オルファンの言葉をただ受け止めた。

と、そこへ――。

「そうか、ヤツが根源にして万物の魔王《アーク・ザ・ハーツ》だったのか」

保護《ほご》色となって背景に溶けていた翼《つばさ》が開き、そこからルークが出現した。

「なるほど。そう考えると合点がいくね。封印されたはずの《魔王の心臓《アーク・ザ・ハーツ》》が復活したからボクも驚《おどろ》いたんだけど、自分から《心臓》を取り出して、キミを《心臓》の器《うつわ》にすることで、間接的に自分の魔力を使える状態に持っていったのか……そうか、ヤツも考えたな」

ルークは合点のいった様子で右手をかざす。すると、なにもない空中の一角から、先ほど破《は》壊《かい》したものと石《マイン》が現れ、ルークとアリスの間におりてきたのだ。

これこそがアリスに《魔王の心臓》を埋めこんだときに使われた本物の石《マイン》だった。

「じゃあ話は簡単だ。キミはあの魔王《アーク》に利用されていたんだ。彼は人助けを口実に《心臓》を自分の身体《からだ》から取り出して、自分の意のままにできるキミの身体へ移しかえようとしただけだったんだよ。それならもう迷うことはないじゃないか。別の命をボクが用意しよう。それと交換すればいい。キミは普通の人間に戻れる」

「アリス、ヤツの言葉に騙《だま》されるな！」

「人聞きの悪いことを言わないで欲しいな。彼女の身体に《心臓》を移すことで、彼は《心臓》の魔力を自由に使えるようになったっていうのは本当のことだろう？」

「そうなの、お父さん？」

娘の問いにオルファンは苦々しくうなずき、ルークは満足げに唇《くちびる》の端を歪《ゆが》めた。

「では、どっちがいい取引《とりひき》かはアリス君に決めてもらおうじゃないか！」

アリスは戸惑うようにしばらく考えこみ、そして、父に問いかけた。

「《心臓》を渡したら、アークはどうなるの？」

「ヤツの言う通り《心臓》は、おまえの身体に移されることで呪《のろ》いから自由になった。その魔力を使って、おまえとアーク君の命を共有できるようにしたのも事実じゃ。とはいっても、いまの《心臓》の持ち主はおまえじゃ。その魔法を解けばアーク君は死ぬ。ヤツが他《ほか》の命と交換すると言うのも嘘《うそ》ではないじゃろう。《心臓》を手に入れれば、アーク君を生かすも殺すもヤツの胸先三寸ということじゃからな」

その言葉に——アリスは迷いから醒《さ》めたようなまなざしで、うなずいた。
「そう、それがわかれば充分よ」
言って、アリスはゆっくりと一歩を踏み出した。
ルークのもとへ。
「アリス！」
「わかってくれて嬉《うれ》しいよ。さあ、テーブルの上に横になってくれたまえ」
アリスは石《マイン》の前までやってくると、その上に右手を置いた。
そして、その腕を振りかぶり、
一気に叩《たた》きつけた！
クルーウアッハを喰《く》らった石《マイン》はあっけなく粉々になり、ルークは不敵な顔を砕け散らせた。
「血迷ったか！　これを壊《こわ》せばどうなると思ってるんだ！」
「あたしがもとの身体《からだ》に戻れなくなるんでしょ」
「それでもいいのか！」
「かまわないわ」
アリスはきっぱりと言い放った。
そのまなざしには、愛を誓うときのような喜びすら浮かんでいた。そう宣言することで、アリスは自分を——自分のもっとも大事な想《おも》いを、守れたという気持ちになっていたのだ。

恐怖など微塵《みじん》も感じていないアリスを見て、ルークは困惑した。
「愚かな。これでボクはキミを生かすわけにはいかなくなったんだぞ。キミから《心臓》を奪わない限り魔王界《ダークスフィア》にも戻れなくなったんだからな！」
「あたしは死なない。彼を守るって決めたもの！」
魔王《まおう》の力の正体、それは恐怖だ。
かけがえのないものを奪える力を誇示することで、人を屈服させる。
あるいは命、あるいは財産、それを奪わないことと引き替えに、人を従わせるのだ。
アリスにとっての恐怖とはなにか。
自分の信じていたものが覆《くつがえ》されることだ。自分の想いが裏切られることだ。気持ちを告げたわけじゃない。ちゃんとした言葉を聞いたわけでもない。いまはまだ淡い期待でしかない、ほのかな希望でしかない。けれど、その希望が奪われることを、アリスはなによりも恐れていた。
彼女に勇気を与えるものはただ一つ、アークが自分を守ろうとしてくれたという可能性だ。
かもしれないというだけでかまわない。それだけで戦える。戦う力が湧《わ》いてくる。
その希望を守るためなら、魔王と戦う恐怖など、さほどのことではなかった。
ルークは冷笑した。
「アリスくん。キミは冷静さを失っているよ。確かにボクは《心臓》を手に入れたら彼を殺すだろう。だからキミはアークを守るために戦おうとしてる。それは真実だ。けどアークがキミ

を守ろうとしていたかどうかなんてわからないじゃないか。そんな証拠はどこにもない」
「大事なのは真実じゃないでしょ。あたしが彼を信じるか信じないか、それだけよ！」
「死を賭《か》けるつもりなのか」
「決まってるじゃない！」
それが、純情というものだ。
「お父さん、どうせ予備の《筆《マジック》》持ってるんでしょ」
「おお、アリス。やっと使命に目覚めてくれたか！　父は嬉《うれ》しいぞ～」
言われた途端に、興奮《こうふん》しながら娘の服に手をかけようとする性懲《しょうこ》りのないオルファンであったが、アリスは左手で《聖なる筆《マジック》》を奪うや、残る右手で彼を世界の果てまで殴り飛ばしてしまうのだった。
「のわ～～～～～ッ！」
「まったくこの期に及んで……お父さんのばかっ！」
これほど命がやばいときにあっても、エロティックマインドをなくさずにいられる父に、ある意味、アリスは感心した。
認めるつもりはなかったが。
そんな彼女をルークは嘲笑《ちょうしょう》した。
「一人でどうやって《聖なる刻印《ホーリィ・カーブ》》を使うつもりだ」

「こうすればいいのよ!」
アリスは左肩に手をかけると、一気にジャケットを破り捨てた。
首のつけ根に浮き出た鎖骨《さこつ》のその下から、まるまると満ちた胸がこぼれ落ちた。
いや、胸などという乾いた言い方はもはやすまい。
彼女は覚悟してジャケットを引き裂いたのだ。キチンとファスナーをおろしておけば戦いが終わればすぐに隠せるというのに後先のことを考えずにちぎり捨てたのだ。そもそも他人から借りたジャケットを台無しにしたのだ。
恥ずかしいことをして《刻印》を浮かびあがらせるために。
だから、あえて言おう。
おっぱいまる出し と。
「惚《ほ》れた男のためか」
「そ……そうよ!」
耳まで真っ赤になったアリスの肌《はだ》に、灼《や》けた色の《刻印》が浮かびあがる。
アリスはすかさず左手で握った《聖なる筆《マジック》》で、右の手のひらに《魔王剣《まおう》》に刻まれていた紋章を描いた。
すると、地上にあるはずの剣が手の中に現れる。
黄金色の光をほとばしらせる刃——《魔王剣》クラウ・ソラスだ。

二人は一〇メートルほどの距離をとって、対峙《たいじ》。
ルークは、剣の輝《かがや》きに眉《まゆ》一つ動かすこともなく、むしろ見下すようなまなざしすら浮かべて、素手で構えた。
「言ったろう？　どんな名剣を手にしたところで、それにふさわしい技量を持たなければなんの意味もないって。キミの相手をするのに武器は必要ない。さあ、かかってきたまえ！」
「誰《だれ》がマトモに打ち合うって言った？」
アリスは剣を大きく振りかぶると、狙《ねら》いなどつけず、クルーウアァッハの腕力にまかせて闇雲《やみくも》に振りおろした。
ズバァッ！
鋼鉄の壁《かべ》のような剣風が放たれた。
ルークは吹き飛んだ。壁へ叩《たた》きつけられた。
しかしそれはそれだけのことだ。さほどのダメージを与えたわけではない。
「クハハハハ！　風圧ごときで魔王《ボク》を倒そうとは、笑わせてくれる！」
剣風が巻きあげた土煙が晴れた。アリスの姿が現れる。
「なに！」
魔王《まおう》の顔が驚愕《きようがく》に歪《ゆが》んだ。
彼女の乳房には、ある紋様が刻まれていたからだ。

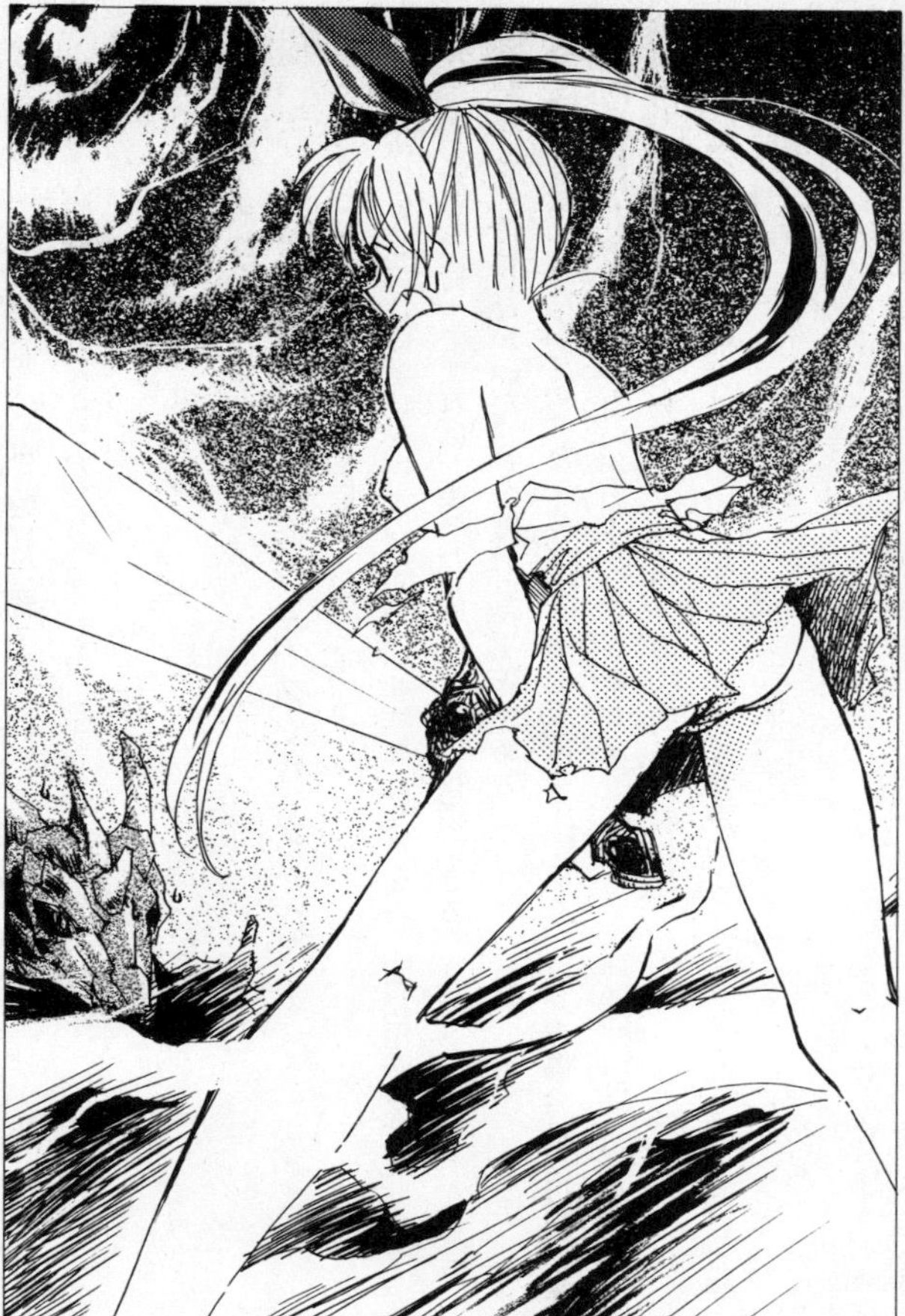

魔王を封印する《運命の車輪《ホイール・オブ・フオーチユン》》の魔法陣だ。
「これを描く時間を稼《かせ》ぎたかっただけよ！」
「ちっ」
ルークは反射的に地面を蹴《け》った。
翼《つばさ》を開き、脱出しようとしたのだ。
間一髪、アリスから放たれた光の波動がルークの左足をつかんだ。
ルークは迷わず手刀で膝《ひざ》から下を斬《き》り落とす。
魔《ま》を食い尽くさずにはおれない光の牙《きば》が、切り離された足を瞬《また》く間に消滅させた。
ルークの魔力を持ってすれば、失った足などすぐに復活できる。
だが彼はそうはしなかった。その魔力を指先にこめる。
「《心臓》を傷つけたくなかったから遠慮《えんりよ》してたんだよ――でも、ボクを傷つけた以上、キミにも同じ目にあってもらわないとね！」
アリスに突きつけた指先から、槍《やり》のような黒い稲妻《いなずま》が放たれた。
光速で突き刺さった稲妻は大爆発《ばくはつ》を起こし、巨大な井戸のようなこの空間を瞬く間に土煙で満たした。
が、すぐになにかが灰色の雲を突き破った。
アリスだ。

「なんだとっ！」
とっさにクラウ・ソラスとクルーウアァッハの力を床に叩《たた》きつけて、剣風で飛んだのだ。
ルークが気づいたときには、もう喉元《のどもと》まで迫っていた。
アリスはいつの間にか靴《くつ》を脱いでいる。そして、
その白く細い足に、ちょんっと『×』を記した。
弓のようにしならせた右足の甲に力が収束する。
「《聖なる刻印《ホーリィ・カーブ》》はこう使うのよ！」
その脚力とともに、呪紋《じゅもん》の衝撃波《しょうげきは》がルークの顔面にブチこまれた。
「グガァアァッ！」
ルークの身体《からだ》は光の井戸を横にブチ抜き、山の中腹へと突き抜けると、そのまま遺跡《いせき》へと頭を突っこんで、建物《たてもの》を数十軒ほどなぎ倒した。
「まだまだ！」
アリスは容赦しない。
すかさず自分も外へ飛び出し、滞空時間を使って、ふたたび封印呪紋を放つ。
もがれる魔王の片翼《かたよく》。
「くそっ……！」
からくも逃れるルーク。

だが、その先にはすでにアリスが回りこんでいた。
「動けなければ、ド素人の剣だって当たるでしょう！」
いまだ大人と子供ほどの身長差のあるルークの胸めがけて、思い切り剣をなぎあげるアリス。
とっさにルークは右手でかばい。その手を失った。
対魔王《まおう》武器として鋳造《ちゆうぞう》された勇者の剣クラウ・ソラスの前には、あらゆる魔法属性、魔法防御が無効化される。
クラウ・ソラスの刃を浴びたが最後、魔族は素粒子レベルで存在そのものが消滅するのだ。
「おのれッ！」
それでも、こちらの世界で肉体化《マテリアライズ》していればこそ、腕の一本を失うだけで済む。
「なにがおのれよ！　あたしのほうがずっとずっと怒ってるんだからッ！」
「笑わせるな！　ボクの二〇〇〇年の憎悪に比べれば……」
「知らないわよ！」
アリスは、ルークの頬《ほお》をはり倒した。
「だいたい、アンタのせいで話がややこしくなったんでしょ！」
なにを思い出しているのだろう。アリスの瞳《ひとみ》の縁《ふち》には涙が浮かんでいた。
「あたしはねえ、まだ内緒にしておきたかったの。気づいてくれなくてもかまわないから、そっとしておいて欲しかったの！　あたしは器用じゃないから、すぐにこじらせちゃうだろうか

ら、大人になれるまでもっと時間が欲しかったの！　なのに今回の一件で、裸は見られちゃうし、落書きはされちゃうし、みんなに心の中まで詮索《せんさく》されちゃうし、あたしはあたしでやっぱり意地っぱりになって思ってもないこと言い張っちゃうし、これでこのままアークと気まずくなっちゃったらどーしてくれんのよ!!」

「わかってるのか!?　これは魔王界《ダークスフィア》と歴史界《アースフィア》、二つの世界の運命をかけた戦いなんだぞ！」

「それがなんだっていうのよ!!」

アリスは魔王の言葉を一刀のもとに斬《き》り捨てた。彼女にあるのは怒りそのものだ。

「ひっ……！」

離れようとするルークを彼女は逃がさない。

クルーウアァッハの右腕が、ルークの右足をつかんだ。

「アンタのせいで……」

「アンタのせいで……!!」

問答無用で引きずりあげ、

円盤《えんばん》投げのように振り回し、

「いっぱいケンカして、いっぱい悩んで……」

ぶんぶん、ぶんぶんと回転を速め、

「いっぱいいっぱい傷ついたんだからア――――ッ！」

アリスはありったけの力をこめて、魔王を大地へ叩《たた》きつけるのだった！

「ぐはっ！」

その力のあまりの衝撃《しょうげき》に、ルークの身体《からだ》はゴムマリのように地面を跳ね、それに乗じて彼は転がるように廃屋の一つへと逃れようとする。

だが、すぐに爆砕《ばくさい》されるだけのことだ。息をつく暇もなく。

「許さないんだからッ！」

煙の中から飛び出した彼女は、抜く手も見せぬ一撃を振りおろした。

ルークは打ち捨てられていた剣を拾いあげ、かろうじてその攻撃を払う。

「素手で勝負してくれるんじゃやなかったの？」

「なにをッ！」

剣さばきにおいてはルークに長がある。切っ先をくるくると回してクラウ・ソラスをからめ落としたルークはアリスを転倒させ、すかさずその隙《すき》に失った左足と右腕を再生させた。

アリスは剣を拾いあげて飛び、ルークと距離を取る。

「これで対等ってことかしら」

「忘れてたよ、キミも立派な魔王《まおう》だってことをね！」

ギラリと目を怒りでたぎらせたルークは、一〇メートルほどの距離をわずか一歩で踏みこんだ。

「死ねッ！」
だが、その剣はアリスまで届くことはなかった。
クラウ・ソラスに受け止められてしまったからだ。
「いける!?」
勢いづいたアリスは、交差した剣をそのまま滑らせて相手の喉元《のどもと》を狙《ねら》った。
とっさに剣を弾《はじ》いたルークは、アリスの背後に回りこもうとする。
だが、アリスはその動きに呼応することができた。
ふたたび剣は打ち合わされ、甲高い音を立てる。
その攻撃の重さに、大地が震《ふる》えた。
地上へ復活した魔王と、魔王となった少女の激しい剣戟《けんげき》は、空に浮かんだ孤島を揺らした。
別のものも揺れていた。
少女の両腕の間で波打っている豊かなバストとか。
右へ飛べば左へと動き、下へかがめば上へとたわみ、アリスの胸はまるで別の生命を持っているかのようにぷるんぷるんと揺れていた。
そう、アリスがルークと互角の動きができるのは、拘束から解き放たれた二つの乳房が、その重みのままに躍動《やくどう》し、大きな遠心力を生み出していたからだった。

まったくのウソだけど！

それはともかく、ルークの速度は明らかに落ちていた。それに身体《からだ》も時間の経過とともに小さくなっている。

「そういうことね！」

人が酸素の薄《うす》い場所でなにかをするとすぐに息が上がってしまうように、ルークは魔王界《ダークスフィア》から魔力を補給できないまま、みるみるうちに消耗しているのだ。

「くっ……」

ルークの足取りは重い。アリスは彼の両腕が上がっているのを見逃さなかった。わずかに身をかがめ、斜め下に剣を構えると、ルークの懐《ふところ》にできた空間に滑りこんだ。

そして剣をすくいあげようとした矢先、彼の顔が不敵に歪《ゆが》むのを見た。

「えっ!?」

「もらった！」

ルークは剣を握っていないほうの手をナイフのように尖《とが》らせて、《心臓》のあるアリスの胸へと送りこんだ。

アリスはとっさに膝《ひざ》を崩して攻撃《こうげき》をかわす。ルークの突きは空を裂いた。

だが、彼が奪おうとしていたのはアリスの《心臓》ではなかった。

姿勢を立て直すために宙をかいていた彼女の左手にある《聖なる筆《マジック》》だ。
気づいたときには、《筆》はすでにルークの拳《こぶし》の中で砕かれていた。
それだけではない。
動揺したアリスの隙《すき》を見逃さず、《魔王《まおう》剣》クラウ・ソラスをも弾《はじ》き飛ばしたのだ。
「まんまと引っかかったね、ボクの罠《わな》に」
黄金色の輝《かがや》きを放つ聖剣は、流星のように地上へ落ちていった。
「どうする？　《聖なる筆》がなければ剣を召喚することもできないよ」
迫るルークに、アリスは叫んだ。
「お父さん、予備！」
その父を、世界の果てにふっ飛ばしたのは誰《だれ》だろう……。
彼女に残された武器は、クルーウァッハのみ。
だが、地球を吹き飛ばすほどの力があっても、決して相手を殺せないというふざけた拳では、敵にトドメをさすことはできなかった。
アリスはとっさに背を向けて逃げた。
だが、それもわずかのことだ。
崖《がけ》っぷちへと追いつめられてしまう。
あと一歩、アリスが後ずされば、そこは二〇〇〇メートル真下に広がる大地だった。

「即死させてあげるよ。痛くないようにね」
と、ルークは尖らせた手をアリスに向け、笑んだ。
なぶるような視線を向けられ、吹きあげる気流に髪をもてあそばれ、アリスは震《ふる》えた。
だが、すぐに睨《にら》み返す。
闘志《とうし》は尽きていなかった。尽きるわけがなかった。
「死んでもアンタなんかに渡すわけにはいかないわ……アークの、命を」
アンタに渡すぐらいなら……と。
なにを思ったか、アリスはクルーウァアッハで足下の大地を砕いた。
空中に放り出されてしまう二人。
二人は瞬《また》く間に重力に捕らえられ、高度二キロの空を自由落下し始めた。
しかしルークの表情はそよとも揺るがない。
残り少なくなった魔力《まりょく》で翼《つばさ》を復活させると、空気を受けて舞いあがったのだ。
だが、自分だけ生き残ったところでどうするというのか。
アリスが激突死すれば——《心臓》が潰《つぶ》れてしまえば、ルークもそれまでの命だ。
アリスはまさにそうすることが最後の目的であるかのようにひたすら地上へ落ちていった。
みるみる離れる二人の距離。
けれどもルークはむしろ彼女を見送るようなまなざしでつぶやく。

「その程度のことで死ねるものか。絶対幸運《クリティカルラック》に守られたキミが」

その通り。高度二〇〇メートルあたりまでは順調に落下していたアリスであったが、ちょうど真下を浮遊していたエアルマンタの帆のような翼の上でぼよんとバウンドすると、ちょうど近くにいた巨大鳥エレファントイーグルのくちばしに飛びこみ、そのまま連れ去られそうになったところを、ちょうど発生したつむじ風に巻きこまれた隙《すき》に脱出、気球に引っかかったり、鳥に襲《おそ》われたり、次々と出くわす偶然という言葉で片づけてはいけないようなアクシデントに助けられた挙げ句、地上に激突するまでに、全身は打ち身、擦《す》り傷、捻挫《ねんざ》でボロボロになっていたりはするものの、彼女はとにかく死なずに済んでしまったのだ。

「ほらね」

地面に手をつき、歯を食いしばり、よろよろと立ちあがるアリス。

歩くのもままならないといったその姿は、まるで狩られるのを待っているとしか思えないほど傷ついた姿を野にさらしているウサギのようで、ルークはそこへ、爪《つめ》を光らせた鷹《たか》のように舞いおりるだけでよかった。

ルークの消耗も相当なものであったが、アリスはもはや立つことも限界といった様子だった。

それでも睨《にら》むことをやめないのは意地なのだろう。

その根性は見あげたものだが、自分から十字架にかかりにゆく聖者のようなものだ。いまやその胸に手をかけるだけでルークは難なく《心臓》をもぎ取ることができた。

「キミはよくがんばったよ」
舞いおりたルークは、彼女に手向けの言葉を贈《おく》った。
「死んで仲間と世界を救うつもりだったんだろうけど……運が悪かったね」
「そうね、その通りね。確かにあたしは運が悪いわ」
そううなずきながら、しかしアリスは笑っていた。不敵に。
「でも、あたしは死ぬつもりなんかないの。だってあたしは、幸運にして不幸に守られた魔王《アリス・ザ・クリティカルラック》なんだから」
「最後まで口の減らない子だ」
と、ルークがトドメをさそうとした、そのときだ。
二人の頭上を巨大な影がさした。
それは、奇跡のあとにはそれに比例した不幸の揺り返しが起こるという、絶対幸運《クリティカルラック》の反動効果であった。
突如として浮遊力を失った空中庭園エルナ・デッセトリアが、二人めがけて落ちてきたのだ。
その大きさたるや、全長五キロ！
「ぬおおおおおおおおおおおおお！」
腕を広げた魔王《まおう》は、その先端の岩をがっしりと受け止めた。
だが、それだけのことだ。

数十万トンもするエルナ・デッセトリアもろとも地面にめりこんでゆくだけであった。
「グアアアアアアアアア！」
断末魔ともいえる咆哮《ほうこう》も、雪崩《なだれ》のように崩落する岩石にかき消され、途絶えた。
もちろん間近にいたアリスも、空中庭園の下敷《じ》きから逃れられるわけもなかった。
しかし、彼女には――。

そして――。
数千年にわたって浮遊していた空中庭園は見るも無惨に崩れ去り、夕映えの中にその屍《しかばね》をさらしていた。それらはやがて土となり、また別の都市の礎《いしずえ》となる日が来るだろう。
だが、そんなことは知ったことではない。知りたいのは別のことだ。
ただなにかが動く音、瓦礫《がれき》が崩れる音、それだけを待つ静寂がしばし続き、どこかで、ガラガラ、と石が転がり落ちた。
地中から、這《は》い出てくる手があった。
その腕は白く、肩は細く、髪は柔らかく、そして顔は優しかった。
やっとの思いで這い出してきた彼女は、みずからの生を確かめるように、
「ほらね」
と笑って、崩れた。

意識を失った彼女は坂道を転がり落ち、誰《だれ》の前で止まったかも知らず、仰向《あおむ》けの身体《からだ》をさらけ出した。夢でも見ているのか、顔には笑みを浮かべている。

「ボクに勝った夢でも見てるのかい？」

そうつぶやく彼の身の丈は、もはや少女の半分ほどしかなかった。

「なにがあっても決して死なない。それが絶対幸運《クリティカルラック》のルールだったね」

彼は、彼女の胸が呼吸で上下していることを認め、彼女が生きていることに——そして気絶していることに——難なく《心臓》が奪えることに、感謝《かんしゃ》した。

「だけど最後に勝ったのはやっぱりボクだったね。今度こそ、サヨナラ——」

と、彼女の胸に手を突き入れようとした刹那《せつな》だ。

「そいつに触っていいのは俺《おれ》だけだ」

身勝手なセリフとともに、一人の男が現れた。

「キミは——！」

わずか皮膚《ひふ》一枚のところで指が止まる。

瞬《まばた》きほどの時間も必要ない。それだけで彼女の中に爪《つめ》を突き立てることができるというのに、彼の動きは止まった。

意識したのではない。動かせないのだ。

「そ、それは——」

彼は、男の手に、拳銃《けんじゅう》のグリップのようなものが握られていることに気づいた。
ハッとなって自分の頭上を仰ぐ。『2』という数字が浮いていた。
『1』は少女の上に立っている。それ以外の数字はない。
「ニーズホッグ……」
彼は絶望的な声で、男の手に封じこめられている魔王《まおう》の名をつぶやいた。
男は彼を冷ややかに見おろしていた。いつもはふざけることしか知らない顔には笑みのかけらもない。ただ揺るがない怒りを静かな瞳《ひとみ》にのせていた。
「アイツより運のいい自信はあるか?」
あるわけがない。彼女はなにがあっても死にはしない。そのことは自分が誰《だれ》よりも知っている。
いまだって、一ミリ先まで死が迫っていながら彼女は助かってしまったではないか。
「わかった。ボクの負けだよ……」
「相手が悪かったな。世界がどうなろうとかまわねーが、アイツに手を出した以上、お前は許さねえ」
「ま、待ってくれ! 約束するよ、二度と狙《ねら》わない! 魔王界《ダークスフィア》へ帰してくれたら、おまえのしもべとなろう。キミが復活したってことは二〇〇年前の復讐《ふくしゅう》をするってことだろう? だったら仲間がいるじゃないか。ボクだってそのつもりだったんだ。むしろ昔みたいに一緒に戦

えたほうがボクも心強い」
「悪いが、そーゆうノリにはもう飽きたんだ」
「だったらなんで《心臓》を目覚めさせたんだ！　あれがある限り誰《だれ》もキミを放っておかないぞ。魔王界《ダークスフィア》全体にも匹敵するその魔力を狙って、ボクだけじゃない、天使の連中だって、この世界にやってくる。そうなればどうなるか考えたのか！」
「おまえに言われたかねーよ」
と、男は回るダイスを見つめた。
「第二の人生は、愉快にやってくコトに決めたんだ」
「考え直せ！　おまえ、それでも魔王《まおう》のはしくれか！　おまえがそんなことを願っても、誰も放っておかないぞ！　おまえは――、おまえは――！」
「うるせえってーの」
ダイスがある目で止まり、その数を頭上に宿した者が粉々に吹き飛んだ。
ふたたび静寂を取り戻した廃墟《はいきょ》で、男は頭をかいた。
「好きな女のために世界をやばいトコに追いこんじまうんだから、いまでも充分魔王だと思うぜ、俺《おれ》はな」

おまけ

きらきらと、光が揺らめいていた。
淡い光の粒が、音を奏でながら踊るように瞬《また》いている。
まるで天使の楽譜《がくふ》——と思って、アリスはそれが星空であることに気づいた。
夕日は完全に没したが、残光を残している。昼と夜が溶け合う不思議な空で、星が一つ、また一つ目を覚まして輝《かがや》き始めていた。その幻想的な光景にアリスはうっとりと目を細め、そんなことをしている場合じゃない、と身を起こした。
ぱさり、と上着が落ちた。
ジャスティから借りたジャケットではない。破いてしまって用をなさなくなったジャケットの替わりに、意識を失っていたあたしの上にかけてくれたのだ。
「アーク！」
「ん、目が覚めたのか？」
後ろから声がして、アリスは振り向いた。少し離れたところに、Ｔシャツ姿のアークが立っていた。
アリスは信じられなくて——確かめたくて、とっさに立ちあがって走り出した。まだ意識が完全に目覚めてないせいか足どりはおぼつかなく、最後にはもつれてしまい、アークが肩を支えるはめになった。
「アーク、大丈夫だったの？」

「おまえのほうこそ大丈夫かよ」
「……ああ、ごめん」
アリスは照れて下を向き、自分がいまつかんでいる腕がまぎれもないアークのものであることを確認した。そして、それをたとえようもなく嬉《うれ》しく思っている自分が恥ずかしくなり、さらに下を向いてしまった。
「みんなは？」
「あそこだよ」
アークが東の空を指した。
弓のような月の下を白銀に輝く蛇《へび》が泳いでいる。その背には人影が見えた。シルエットはまだ小さくて頭の数までは数えられないが全員いるはずだ。そういうものだ。
「よかった……アークも、みんなも無事でよかった」
アリスは目を潤《うる》ませている自分に気づいたが、遠慮《えんりょ》なく潤むにまかせた。
「まぁ、魔王《まおう》も片づいたし、いろいろあったけど、一件落着だな」
「だね」
二人は顔を見合わせ、どちらからというわけでもなく笑った。
「ごめんな」
その言葉も、どちらからというわけでもなかった。

「ん、おまえ、なんか俺《おれ》に謝《あやま》ることあんのか?」
うん、とアリスは神妙な面持ちでうなずいた。
「心臓のこと。……お父さんから、聞いたんだ」
「怒ってんのか? 俺もルークと同じだって黙《だま》ってたことに」
「違うよ。アークに、そこまでしてもらってたのに、あたし、ひどいことばかり言って」
「そりゃ教えなかったんだから仕方ないだろ」
「関係ないよ。本当のことなんか知らなくたって、アークをちゃんと信じてれば、あんなコト言わなくてもよかったんだもん。あたし、すごく反省してる……」
「まー、そりゃ普段が普段だからな。信じろって言われても困るだろ、ははは」
「アーク変だよ。なんか優しい……」
「はぁ?」
「いつもなら余計なこと言うじゃない。またかとか、バカだの、そそっかしいのって」
「言わねーよ」
と、アークは軽く笑って、両手でつかんでいたアリスを揺さぶった。
アリスは、転びかけたときに自分がアークの胸元に飛びこんでいたことにいま頃《ごろ》気づいた。アークの手はアリスの肩にあり、アリスの手はアークの二の腕をつかんでいる。
まるで抱き合っているみたいだ。

気づいているのかな？　アークはこのことに気づいているのかな？
考えるだけでアリスはどきどきして、いつもならここでアークを突き飛ばして逃げ出してい
るところなのに、なぜかそんな気持ちは湧《わ》いてこなかった。
（アークも変だから、あたしもちょっとぐらい変でもいいんだよね）
せっかくだから、もう少しこうしていよう。
どうせみんなが戻ってきたら、恥ずかしくてあたしのほうから離れちゃうだろうから。
アリスは雰囲気に酔うことにした。
夢みたいな、このときに……。
「アリス、ごめんな」
「え、なにを？」
「ハダカにしたり、落書きしたりさ。面白いからってついつい調子に乗ってさ」
「もういいよ。一番大事な言葉を思い出せたし」
「大事な言葉？」
アークはきょとんとするだけだった。アリスはちょっとがっかりして、教えてやろうかと思
ったが、思い出しただけで照れてしまう自分に気づいて、やめた。
「わかってないならいいよ。あたしはちゃんと聞いたから。それでいいんだ」
「あ、コイツ、一人で満足してやがる。いいことあったのかよ。うらやましい。教えろ」

ふふふ、とアリスは自然と頬《ほお》がゆるむのを我慢できなかった。
いまのあたしたち、すごく仲がいい。
こんなことならもっと早く素直になればよかったかな。
アリスはますますにこにこと笑顔をこぼすので、アークは悔しがった。
「あー、俺《おれ》ってバカだー。風呂《ふろ》をのぞいたりハダカに落書きするぐらいで満足して、結局、一番大事なことができなかったんじゃないかー。なんて俺はバカなんだろう。こんな大事なことを忘れるなんて。俺が本当にしたかったことは、そんな小学生みたいな悪ふざけじゃなくて、もっとおまえとの愛を確かめるための……」
「えっ、なに？」
アリスはびっくりした。まさかアークの口からそんな艶《つや》っぽいセリフが飛び出そうとは思わなかったからだ。じっと見つめられて、頭の中が真っ白になった。なんとリアクションをすればよいのか、自分の名前すらわからなくなるほどパニックに陥ったアリスだったが、ここは素直に胸の高鳴りに従うことにした。
「アリス、いいだろ」
肩にのせられた手に力がこめられるのを感じて、アリスはこくりとうなずいた。
「じゃ、始めよっか」
「だめー」

「う、うん」
アリスはそっと目を閉じ、唇《くちびる》を差し出した。
カチャカチャ……。
妙な音がして、アリスは目を開けた。
アークがズボンのベルトを外そうとしている。
「……ナニするつもりだったの？」
「子作り」

「どぉあれがするか〜〜ッ！」

アリスはあらん限りの声で絶叫し、裏切られた純情を——煮えたぎる激情を鉄拳《てっけん》に託して、憎いあんちくしょうの顔に叩《たた》きこんだ。
「うぎゃあああああああああああああああああ〜〜〜〜〜〜〜〜〜〜〜〜〜〜〜〜〜〜〜〜〜〜ッ」
アークは飛んだ。飛ぶしかなかった。
まるで流星のように夜空の彼方《かなた》へと消えていく。
それを見て、みんなはやれやれとため息をついたものだった。

あとがき

やっぱり最初は格調高いファンタジーを書こうと思ったわけですよ。

異世界の設定とかもキチンと作らなきゃ、と『聖書』の「創世記」を読んでみたらびっくり。

この世界はたったの七日で神様が造っちまったものなんだぞーですよ。

しかも最後の一日は休んだらしく、実質六日。

夏休みの工作かよ！

そんなに安直に造られたら、そりゃ地球上から争いごとも絶えないわけだよなぁ……。

つーわけで、おバカな話に路線変更しました。神様に倣《なら》って。

主人公もバカなら敵もバカ。そんな連中が世界の命運をにぎって、好き放題に暴れまくり、お利口さんたちにひたすら迷惑をかけるという、そういう作品です。

ちなみに担当編集者がのたまわった感想は、

「作者の言いたいこととかメッセージがまったくない、今どきない素晴らしい作品です！」

最初の読者にこんなことを言われた私に怖いものはありません。

普段は「ニュータイプ」とか「ザテレビジョン」という雑誌で原稿を書いたり、アニメやゲームの脚本を書いているのですが、小説にチャレンジするにあたっては、コバルト文庫で活躍中の榎木《えのき》洋子《ようこ》先生にイロハをご教授いただきました。

設定については、ふぃぎあへっどさんの尽力に多くを依《よ》っています。
思いつきだけで筆を進めてたら、十枚も進まないうちに世界が崩壊《ほうかい》してしまい、そのたびに設定を調整するのを手伝ってもらいました。
つーか、この話に出てくる連中、強すぎ。
そりゃ神と魔王《まおう》と勇者が激突すりゃ、世界の一つや二つ沈むわ！
ああ、なんとなく神様の気持ちがわかってきたぞ。
「もうワシの手におえんわ！」
こうして見捨てられた世界は人の手で守っていかねばならぬのか……なるほどなるほど。
そしてもちろん最後は、この本を手にとってくれたあなたに感謝の言葉を。
一週間以内にこの本を五人に送らないと呪《のろ》われます。
じゃなくて！
この本を読んで元気になるところがあれば、なにも言うことはありません。
というか、最初の読者に「なにも言いたいことがない」と言われた物語なんだけれども。
やっぱり担当編集者だけは呪っておこう。
ではでは最後まで読んでくれてありがとう。みんなもがんばってね。

あすか正太《しょうた》

本書に対するご意見、ご感想をお寄せください。

■

あて先

〒101-8305 東京都千代田区神田駿河台1-8 東京YWCA会館
メディアワークス電撃文庫編集部
「あすか正太先生」係
「門井亜矢先生」係

■

電撃文庫

アースフィア・クロニクル
大魔王アリス
あすか正太

発　行　二〇〇〇年十月二十五日　初版発行
　　　　二〇〇一年三月十日　　　三版発行

発行者　佐藤辰男

発行所　株式会社メディアワークス
〒一〇一-八三〇五　東京都千代田区神田駿河台一-八
東京YWCA会館
電話〇三-五二八一-五二〇七（編集）

発売元　株式会社角川書店
〒一〇二-八一七七　東京都千代田区富士見二-十三-三
電話〇三-三二三八-八六〇五（営業）

装丁者　荻窪裕司（META+MANIERA）

印刷・製本　加藤製版印刷株式会社

落丁・乱丁本はお取り替えいたします。
定価はカバーに表示してあります。

Ⓡ本書の全部または一部を無断で複写（コピー）すること
は、著作権法上での例外を除き、禁じられています。
本書からの複写を希望される場合は、日本複写権センター
（☎〇三-三四〇一-二三八二）にご連絡ください。

© 2000 ASUKA SHOTA
Printed in Japan
ISBN4-8402-1629-0 C0193

電撃文庫創刊に際して

文庫は、我が国にとどまらず、世界の書籍の流れのなかで〝小さな巨人〟としての地位を築いてきた。古今東西の名著を、廉価で手に入りやすい形で提供してきたからこそ、人は文庫を自分の師として、また青春の想い出として、語りついできたのである。

その源を、文化的にはドイツのレクラム文庫に求めるにせよ、規模の上でイギリスのペンギンブックスに求めるにせよ、いま文庫は知識人の層の多様化に従って、ますますその意義を大きくしていると言ってよい。

文庫出版の意味するものは、激動の現代のみならず将来にわたって、大きくなることはあっても、小さくなることはないだろう。

「電撃文庫」は、そのように多様化した対象に応え、歴史に耐えうる作品を収録するのはもちろん、新しい世紀を迎えるにあたって、既成の枠をこえる新鮮で強烈なアイ・オープナーたりたい。

その特異さ故に、この存在は、かつて文庫がはじめて出版世界に登場したときと、同じ戸惑いを読書人に与えるかもしれない。

しかし、〈Changing Time, Changing Publishing〉時代は変わって、出版も変わる。時を重ねるなかで、精神の糧として、心の一隅を占めるものとして、次なる文化の担い手の若者たちに確かな評価を得られると信じて、ここに「電撃文庫」を出版する。

1993年6月10日
角川歴彦

電撃文庫

キノの旅 the Beautiful World
時雨沢恵一
イラスト／黒星紅白
ISBN4－8402－1585－5

『世界は美しくなんかない、でもそれ故に美しい』――短編連作の形で綴られる人間キノと言葉を話す二輪車エルメスの旅の話。今までにない新感覚ノベルが登場。

し-8-1 0461

キノの旅Ⅱ the Beautiful World
時雨沢恵一
イラスト／黒星紅白
ISBN4－8402－1632－0

人間キノと言葉を話す二輪車エルメスの旅の話。短編連作の形で綴られる、新感覚ノベル第2弾！　大人気黒星紅白描き下ろしのカラーイラスト満載!!

し-8-2 0487

時空のクロス・ロード ピクニックは終末に
鷹見一幸
イラスト／あんみつ草
ISBN4－8402－1610－X

電撃hpに一挙掲載され、読者人気第1位を獲得した注目作。パラレル・ワールドに転移した高校生・木梨幸水。崩壊したその世界で彼が見たものとは――。

た-12-1 0478

タツモリ家の食卓 超生命襲来!!
古橋秀之
イラスト／前嶋重機
ISBN4－8402－1519－7

高校生の主人公＋しっかり者の妹＋グロウダイン帝国第三皇女＋銀河連邦特務監査官＋超電磁生命体〈リヴァイアサン〉＝古橋秀之が贈るＳＦホームコメディ!!

ふ-3-5 0447

タツモリ家の食卓2 星間協定調印
古橋秀之
イラスト／前嶋重機
ISBN4－8402－1613－4

グロウダイン帝国皇女と銀河連合大尉が同居するタツモリ家では騒動が絶えない。おまけに自衛隊の歩行兵器まで登場して……！　ＳＦホームコメディ第2弾登場。

ふ-3-6 0474

電撃文庫

僕の血を吸わないで

阿智太郎
イラスト／宮須弥

ISBN4－8402－0807－7

とっても可愛くとっても優しい。だけど彼女は吸血鬼。落ちこぼれ高校生が描いた抱腹絶倒のファンタジックコメディ。第4回電撃ゲーム小説大賞〈銀賞〉受賞作。

あ-7-1　0234

僕の血を吸わないで② ピーマン戦争

阿智太郎
イラスト／宮須弥

ISBN4－8402－0942－1

またまた炸裂するコテコテギャグと、ちょっと胸キュンなラブストーリー!! 第4回電撃ゲーム小説大賞〈銀賞〉受賞の阿智太郎が贈る、待望のシリーズ第2弾!!

あ-7-2　0273

僕の血を吸わないで③ ドッキンドッキ大作戦

阿智太郎
イラスト／宮須弥

ISBN4－8402－1034－9

見かけは小学1年生。だけどジルのお姉さん。新たに現れたお子様吸血鬼に、森写歩朗は大パニック!! 人気シリーズ第3弾。今度も笑ってもらいます。

あ-7-3　0305

僕の血を吸わないで④ しとしとぴっちゃん

阿智太郎
イラスト／宮須弥

ISBN4－8402－1087－X

美少女吸血鬼ジルへと届いた海外小包。それは奇妙な薬だった。その名はなんとニンゲンニナ～ル。突如森写歩朗の妹も現れ、花丸家はまたまた大騒ぎ!!

あ-7-4　0320

僕の血を吸わないで⑤ アクシデントはマキシマム

阿智太郎
イラスト／宮須弥

ISBN－4－8402－1238－4

キャラクター総出演の豪華さ、なぜか辰太郎が結婚してしまうオトボケぶりで贈るクライマックス。シリーズ感動の完結篇。それでも笑ってもらいます!!

あ-7-6　0357

電撃文庫

タイトル	著者/イラスト	ISBN	内容	記号	番号
住めば都のコスモス荘	阿智太郎 イラスト/矢上裕	ISBN4-8402-1200-7	阿智太郎が「エルフを狩るモノたち」の矢上裕との新コンビで贈る、超オバカなSFヒーロー伝説！行くぞ！変身、ドッコイダー!!なに凶悪犯が現れた！	あ-7-5	0348
住めば都のコスモス荘② ゆ～えんちでドッコイ	阿智太郎 イラスト/矢上裕	ISBN4-8402-1334-8	阿智太郎が懲りずに放つ、新たなオバカ小説シリーズ第2弾。くだらねーけど止められない、阿智ワールドに大満足。どうせ読むなら笑わにゃ損そん!!	あ-7-7	0384
住めば都のコスモス荘③ 灰かぶり姫がドッコイ	阿智太郎 イラスト/矢上裕	ISBN4-8402-1412-3	阿智太郎がやっぱり放った、第2のオバカ小説シリーズ第3弾。矢上裕とのコンビもバッチリ。「くだらねー」といいながら、そこで笑ってるあなた発見!!	あ-7-8	0421
住めば都のコスモス荘④ 最後のドッコイ	阿智太郎 イラスト/矢上裕	ISBN4-8402-1583-9	寂しいけど読まねばなるまい、オバカ小説シリーズ完結篇。オマヌケばかりのドッコイダーも最後は決めてくれるのか!?そして鈴雄に春は訪れるのか!?	あ-7-10	0465
九官鳥刑事（デカ） 明日は我が身の九官鳥	阿智太郎 イラスト/スズキユカ	ISBN4-8402-1486-7	阿智太郎の原点ともいえる幻の作品がついに文庫化！なんたって九官鳥が刑事!?これだけでも笑えるっしょ！これは読まなきゃなりませんぜ、お客さん。	あ-7-9	0439

電撃文庫

おちゃらか駅前劇場 阿智太郎短編集
阿智太郎
イラスト/スズキユカ
ISBN4-8402-1596-0

『僕の血を吸わないで』『住めば都のコスモス荘』でおなじみの阿智太郎が、初めて放つ短編集。「笑い」と「ほのぼの」と「涙」がつまった必読の5篇。

あ-7-11　0468

僕にお月様を見せないで ① 月見うどんのバッキャロー
阿智太郎
イラスト/宮須弥
ISBN4-8402-1628-2

『僕の血を吸わないで』のあのコンビが再び組んだとなれば、これが笑えぬはずもなく、読まないわけにはいくまいぞ！ファン待望の新シリーズ第1弾!!

あ-7-12　0483

TRAIN+TRAIN ①
倉田英之
イラスト/たくま朋正
ISBN4-8402-1280-5

荒野を疾走する巨大な学校列車を舞台に、苦難と冒険と成長の1年を描くアクション・ストーリー第1弾！倉田英之初のオリジナル小説！

く-2-7　0377

TRAIN+TRAIN ②
倉田英之
イラスト/たくま朋正
ISBN4-8402-1476-X

峡谷を疾走する列車に迫る、直径200メートルもの巨大岩石！衝突まであと2時間!! どこにも逃げ場はない。生徒会長に選ばれてしまった礼一の決断とは？

く-2-8　0429

TRAIN+TRAIN ③
倉田英之
イラスト/たくま朋正
ISBN4-8402-1631-2

事故調査員キャシーの目をごまかすため、スペシャルトレインをあげて理想的かつ世にも不自然な生徒を演じる礼一たちだが……。超巨大学園列車物語、第3弾！

く-2-9　0486

電撃文庫

央華封神 武争篇1 雷鳴とどろく都

友野 詳
イラスト／田沼雄一郎

ISBN4－07－310261－3

前回の冒険から数年後、初めての統一国家建設を目指す男が現れ、央華世界に戦乱の幕が開く。友野詳書き下ろし、待望の新シリーズいよいよスタート!!

と-5-10　0297

央華封神 武争篇2 嘆きの声が響く空

友野 詳
イラスト／田沼雄一郎

ISBN4－07－311214－7

他国を従え、次第に勢力を拡大する国＝凱歌。この国の王は央華を救う覇者か？ 邪仙の手先か？ 目玉が張り付く、友野詳の最新バトルファンタジー第2弾!!

と-5-11　0328

央華封神 武争篇3 恐れを知らぬ刃の心

友野 詳
イラスト／田沼雄一郎

ISBN4－8402－1252－X

強大な軍事力を持った国、凱歌に対抗するため、来星晶は各地を訪ねる。虎玲の王は、「凱歌をこらしめるため、手を貸そう」と言うが……。

と-5-12　0368

央華封神 武争篇4 白妖の奏でる凱歌

友野 詳
イラスト／田沼雄一郎

ISBN4－8402－1489－1

央華を中央集権国家に変えようとする凱歌との決戦が迫る。その意図に隠された謎が、みずからにあると分かった星晶がとった行動とは？

と-5-13　0438

央華列仙伝 夜明け色の絆

友野 詳
イラスト／田沼雄一郎・かんなたかし

ISBN4－8402－1633－9

央華世界の仙人たちはいかにして、仙人足り得るのか？ シリーズ初の仙人の内幕を描く珠玉の短編集。バリエーション豊富な5編を収録。

と-5-14　0488

電撃文庫

アースフィア・クロニクル 大魔王アリス

あすか正太
イラスト／門井亜矢

ISBN4－8402－1629－0

魔王の心臓を埋め込まれたアリスは大魔王を倒す旅に出た。バカ全開な仲間に翻弄される乙女の運命やいかに!? 前人未踏のハイテンションファンタジー登場！

あ-12-1 0484

リングテイル 勝ち戦の君

円山夢久
イラスト／山村 路

ISBN4－8402－1418－2

伝説の騎士〈勝ち戦の君〉の正体とは…!? そして憧れの魔道師長と共に行軍し成長していく魔道師見習いマーニの運命は!? 第6回電撃ゲーム小説大賞〈大賞〉受賞作。

ま-5-1 0424

リングテイル② 凶運のチャズ

円山夢久
イラスト／山村 路

ISBN4－8402－1599－5

古の白き魔物の魔法に捕われ、マーニは奇妙な谷に迷い込んだ。そこで出会った盗賊の頭は、自らを凶運のチャズと名乗るが…。ハイ・ファンタジー第2弾！

ま-5-2 0467

DADDYFACE

伊達将範
イラスト／西E田

ISBN4－8402－1478－6

いきなり現れた美少女に「あなたの娘だもん」と言われた貧乏大学生・草刈鷲士はとんでもない事件に巻き込まれ……！ サービスシーン満載のラブ・コメ決定版。

た-9-4 0428

DADDYFACE世界樹の舟

伊達将範
イラスト／西E田

ISBN4－8402－1534－0

大学生の父親と中学生の娘――ふたりあわせて「ダーティ・フェイス」！ 微妙な関係の父娘が贈るラブコメアクション決定版。第2弾の舞台はドイツだ!!

た-9-5 0453

電撃文庫

パンツァーポリス1935
川上稔　イラスト/しろー大野
ISBN4-07-305573-9

変形成長する飛行戦闘艦。すぶ空中戦。そしてしろー大野が描くぎゃやかなキャラクターたち。光剣で斬りむゲーム小説大賞〈金賞〉受賞作現る！第3回電撃

か-5-1　0149

都市シリーズ
機甲都市 伯林(ベルリン)
川上稔　イラスト/さとやす(TENKY)
ISBN4-8402-1531-6

義眼を移植された少女ヘイゼル。そして暴走を始めた独逸軍最新戦闘機「疾風」。両者を捕獲するため、独逸軍G機関が動き出した。シリーズ第2期スタート！

か-5-9　0458

都市シリーズ
機甲都市 伯林(ベルリン)2　パンツァーポリス1937
川上稔　イラスト/さとやす(TENKY)
ISBN4-8402-1630-4

深い森の中で発掘されたものとは何か？防衛の要となる巨大航空戦艦の完成で、独逸の機甲都市化計画は完遂してしまうのか？「機甲都市 伯林」待望の続編！

か-5-10　0485

エアリアルシティ　パンツァーポリス1939
川上稔　イラスト/中北晃二
ISBN4-07-306621-8

異世界のロンドンを舞台に、激突する魔物と人間――。愛情と憎悪が渦巻く戦いの果てにあるものとは？　川上稔が贈る都市シリーズ第2弾、ついに登場！

か-5-2　0190

都市シリーズ
風水街都 香港〈上〉
川上稔　イラスト/さとやす(TENKY)
ISBN4-07-309016-X

遺伝詞と拍詞が奏でる街(ライブテンポ)…。失われた天界の復活を賭け、匿都(ナイアンダル)――香港。人と異族が住む魔都――香港。天士たちは今、香港の崩壊と引き替えに大地竜を呼び起こす！

か-5-3　0263

電撃文庫

都市シリーズ 風水街都 香港〈下〉
川上 稔
イラスト／さとやす（TENKY）
ISBN4－07－309223－5

崩壊する香港の空に舞う大地竜。地上では匪天と香港商店師団の最後の闘いが始まった。アキラは天界の復活を賭けるダブルリーの野望を阻止できるのか!?

か-5-4 0266

都市シリーズ 蠢楽都市OSAKA〈上〉
川上 稔
イラスト／さとやす（TENKY）
ISBN4－07－310893－X

日本を東西に分裂させた近畿動乱より13年。大阪の最強神器開発の報を受け、東京圏が中立を保つ名護屋に侵攻。東京圏と大阪圏の新たな覇権戦争が始まった！

か-5-5 0323

都市シリーズ 蠢楽都市OSAKA〈下〉
川上 稔
イラスト／さとやす（TENKY）
ISBN4－07－311190－6

最強神器を生み出すため、ついに大阪圏は言詞加速器IXOLDEを起動させた。たがいに東西の覇権を求め、東京圏と大阪圏の闘いはクライマックスを迎える！

か-5-6 0330

都市シリーズ 閉鎖都市 巴里《パリ》〈上〉
川上 稔
イラスト／さとやす（TENKY）
ISBN4－8402－1349－6

情報と時間に閉ざされ1944年を永久に繰り返す閉鎖都市・巴里。重騎師ベレッタは曾祖父の残したアティゾール計画を追って99年の現代から巴里へ旅立つ。

か-5-7 0392

都市シリーズ 閉鎖都市 巴里《パリ》〈下〉
川上 稔
イラスト／さとやす（TENKY）
ISBN4－8402－1389－5

ベレッタの介入で仏蘭西の歴史は狂い始めていた。言詞爆弾により時空が閉ざされる日が近付く中、巴里の閉鎖は解かれ、永遠の連環から真に解放されるのか？

か-5-8 0414

電撃文庫

ブギーポップは笑わない
上遠野浩平
イラスト／緒方剛志
ISBN4－8402－0804－2
第4回ゲーム小説大賞〈大賞〉受賞作。上遠野浩平が描く、一つの奇怪な事件と、五つの奇妙な物語。少女がブギーポップに変わる時、何かが起きる――。
か-7-1　0231

ブギーポップ・リターンズ VSイマジネーターPart1
上遠野浩平
イラスト／緒方剛志
ISBN4－8402－0943－X
第4回電撃ゲーム小説大賞〈大賞〉受賞の上遠野浩平が書き下ろす、スケールアップした受賞後第1作。人の心を惑わすイマジネーターとは一体何者なのか……。
か-7-2　0274

ブギーポップ・リターンズ VSイマジネーターPart2
上遠野浩平
イラスト／緒方剛志
ISBN4－8402－0944－8
緒方剛志の個性的なイラストが光る〝リターンズ〟のパート2。人知を超えた存在に翻弄される少年と少女。ブギーポップは彼らを救うのか、それとも……。
か-7-3　0275

ブギーポップ・イン・ザ・ミラー「パンドラ」
上遠野浩平
イラスト／緒方剛志
ISBN4－8402－1035－7
ブギーポップ・シリーズ感動の第3弾。未来を視ることが出来る6人の少年少女。彼らの予知にブギーポップが現れた時、運命の車輪は回りだした……。
か-7-4　0306

ブギーポップ・オーバードライブ 歪曲王
上遠野浩平
イラスト／緒方剛志
ISBN4－8402－1088－8
ブギーポップ・シリーズ待望の第4弾。ブギーポップと歪曲王、人の心に棲む者同士が繰り広げる、不思議な闘い。歪曲王の意外な正体とは――？
か-7-5　0321

電撃文庫

夜明けのブギーポップ

上遠野浩平
イラスト／緒方剛志

ISBN4－8402－1197－3

「電撃ｈｐ」の読者投票で第1位を獲得した、ブギーポップ・シリーズの第5弾。異形の視点から語られる、ささやかで不可思議な、ブギー誕生にまつわる物語。

か-7-6　0343

ブギーポップ・ミッシング ペパーミントの魔術師

上遠野浩平
イラスト／緒方剛志

ISBN4－8402－1250－3

軌川十助――アイスクリーム作りの天才。ペパーミント色の道化師。そして〝失敗作〟。ブギーポップが〝見逃した《ミッシング》〟この青年の正体とは……。

か-7-7　0367

ブギーポップ・カウントダウン エンブリオ浸蝕

上遠野浩平
イラスト／緒方剛志

ISBN4－8402－1358－5

人の心に浸蝕し、尋常ならざる力を覚醒させる存在〝エンブリオ〟。その謎を巡って繰り広げられる、熾烈な戦い。果たしてブギーポップは誰を敵とするのか――。

か-7-8　0395

ブギーポップ・ウィキッド エンブリオ炎生

上遠野浩平
イラスト／緒方剛志

ISBN4－8402－1414－X

謎のエンブリオを巡る、見えぬ糸に操られた人々の物語が遂に完結する。宿命の二人が再び相まみえる時、その果てに待つのは地獄か未来か、それとも――。

か-7-9　0420

冥王と獣のダンス

上遠野浩平
イラスト／緒方剛志

ISBN4－8402－1597－9

〝ブギーポップ〟の上遠野浩平が描く、ひと味違う個性派ファンタジー。戦場で出会った少年兵士と奇蹟使いの少女。それは世界の運命を握る出来事だった――。

か-7-10　0496

電撃文庫

バトルシップガール
橋本 紡
イラスト／珠梨やすゆき

ISBN4−8402−1391−7

人格付与戦艦ナツミは乗員をのせたまま銀河の果てまで飛ばされた。そこは敵国のド真ん中。第4回電撃ゲーム小説大賞金賞受賞者・橋本紡が贈るSFラブコメ。

は-2-3　0412

バトルシップガール② 隠された惑星
橋本 紡
イラスト／珠梨やすゆき

ISBN4−8402−1518−9

降り立った惑星には、かつて銀河の覇権種族であったヴァイスの集落が……！ 第4回電撃ゲーム小説大賞金賞受賞者・橋本紡が贈るSFラブコメ第2弾!!

は-2-4　0448

バトルシップガール③ ファリナス襲来
橋本 紡
イラスト／珠梨やすゆき

ISBN4−8402−1611−8

戦艦ナツミの前に現れたのは、連邦軍の連絡船カズマだった。さらに敵国の船団も次々ジャンプ・アウト。敵、敵、敵！ どうするナツミ!? SFラブコメ第3弾。

は-2-5　0477

猫目狩り〈上〉
橋本 紡
イラスト／鈴木雅久

ISBN4−07−308057−1

CK《チンピラ・キッズ》のリョウは、ある日マリアと名乗る女性に連れ去られる。香港、サイゴンで仲間を加え、行き着く先は……!? 第4回電撃ゲーム小説大賞〈金賞〉受賞作！

は-2-1　0232

猫目狩り〈下〉
橋本 紡
イラスト／鈴木雅久

ISBN4−07−308063−6

ついにマリアから逃げ出したリョウは、ロンドンでフィズという一人の少女と出会う。二人は新たな生活を始めるが、その生活も長くは続かなかった——。

は-2-2　0233

電撃文庫

プロジェクト・リムーバー　人の姿を備えしもの
篠崎砂美
原案&イラスト／木村明広
ISBN4－07－307419－9

EXEF社の極秘プロジェクト「ムーバー」に巻き込まれた風間兄弟の運命は？篠崎・木村の名コンビが贈るメカ・アクション・ファンタジー、ついにスタート！

レ-3-4　0216

プロジェクト・リムーバー②　人の容を超えしもの
篠崎砂美
原案&イラスト／木村明広
ISBN4－07－308554－9

消されたはずの記憶が蘇ったムーバーは、EXEFから逃走しスラム街で弟・敬介との運命的再会を果たす。そして、守るべき人のために戦うことを決意する！

レ-3-5　0247

プロジェクト・リムーバー③　人の心を伝えしもの
篠崎砂美
原案&イラスト／木村明広
ISBN4－07－309996－5

弟・敬介を護るため、リムーバーとして戦うことを決意した基樹。ファンネルタワーへと突入するが……。メカ・アクション・ファンタジー、第1部完結！

レ-3-6　0294

リムーバー・ソウル①　人の心をやどしもの
篠崎砂美
原案&イラスト／木村明広
ISBN4－8402－1477－8

「リムーバー」コンビが贈る待望の新シリーズ。次世代ロボット〝リムーバー・ソウル〟とESP隊員の秀は、一人の少女を守るため強大な敵に闘いを挑むが…。

レ-3-7　0431

リムーバー・ソウル②　人の力になりしもの
篠崎砂美
原案&イラスト／木村明広
ISBN4－8402－1609－6

篠崎砂美&木村明広コンビが放つメカ・アクション巨編第2弾。杏樹を護る事に成功したソウルたち。だが彼女には、別人格が移植されていた……。

レ-3-8　0473

電撃文庫

央華封神RPG
おうかほうしん

清松みゆき・友野詳／グループSNE

**2000年秋
発売決定！**

**星晶の冒険を
体感せよ！**

古代中国風本格ファンタジーロールプレイング・ゲーム

SNEが贈る今世紀最後のRPG！

電撃ゲーム小説大賞
目指せ次代のエンターテイナー

『クリス・クロス』(高畑京一郎)、
『ブギーポップは笑わない』(上遠野浩平)、
『僕の血を吸わないで』(阿智太郎)など、
多くの作品と作家を世に送り出してきた
「電撃ゲーム小説大賞」。
今年も新たな才能の発掘を期すべく、
活きのいい作品を募集中!
ファンタジー、ミステリー、
SFなどジャンルは不問。
次代を創造する
エンターテイメントの新星を目指せ!!

大賞=正賞+副賞100万円
金賞=正賞+副賞50万円
銀賞=正賞+副賞30万円

※詳しい応募要綱は「電撃」の各誌で。